独角马·中篇轻读文库

独角马·中篇轻读文库

乌云之光

林　森

海峡出版发行集团 | 海峡文艺出版社

目录

乌云之光

　　高速路两侧的荧光标志牌，被车灯扫到，瞬间亮起，犹如通电。车身向前奔驰，荧光牌又暗淡下去。标志牌明明灭灭犹如记忆，某个点刚被燃亮，正要细细辨究，迷雾扑来，立即又身陷于四顾茫然。我把身子陷入后排皮椅的柔软之中，困倦不断袭来。我不会开车，在同龄人中已经是一个笑话，并非买不起，而是真没兴趣去学。我几乎失去了同龄人该有的所有爱好——他们爱聚会，而我不断缩小活动的范围；他们爱在灌酒之后，换个地方喝茶，讨论红茶、绿茶、白茶、黑茶的口感与功能；他们压低声音，说起某一回艳遇，说跟一个上午才见第一次面的异性晚上就躺到了一起；他们说起黄花梨的木纹鬼脸与沉香手串的摄魂之气；他们说起某位中医的回春妙手，两针下去，剧痛的颈椎顿时舒缓……我总是逃避这样的聚会，并不是因为我有什么优越感，恰恰源自我的自卑——别人口若悬河，我一言不发浑身瘙痒，只剩没完没了的尴尬。

"陈慕，你怎么不学车？开车后，活动范围会大好多……"驾车的程培冒出这话，又是这个无数次回答过的腻歪话题，我倦意更盛了。程培在深夜驱车带着我离开省城，是要回到我们成长的瑞溪镇，在那里吃一份据说味道数十年不变的炒粉。我已经不碰任何消夜了，可被他胁迫怕了，只能跟来。作为初中同学，我和他已经好些年没联系，去年在一个同学群里加上微信之后，在几个没法推辞的局上见过几次，可也没什么深谈——时间挖开了足够深的鸿沟，拉出了足够远的距离。最近他打了七个电话约局，我都找各种借口推托，有时说我在外地，有时说等等，我在开会，有时随便嗯嗯嗯几声即挂掉……他含含糊糊说拜托我件事，我根本没给他机会说出来——有人"拜托你"，跟挖坑给你跳没啥区别。程培也不再打太极，直接赶鸭子上架，夜里十一点开车来到我的小区门口，说我不下去，他不走。我让保安帮我盯着，半个小时后，保安给我发信息：他还在。我苦笑，只能下楼，上了他的车。

　　我的"冷漠"在同学群里"有口皆呸"，大部分的聚会我都不参加，即使去了，他们都能喊出我的名字，而我支支吾吾，直到散场，也认不出三两人——"贵人多忘事啊""趾高气扬""哎哟，难怪混得这么好……"等帽子便扣在我的头上，我更加不敢参加了。对我自己来讲，这并不是所谓随着年龄渐长的做减法、断舍离和缩回舒适区，而仅仅是记忆的遗忘，是和过往岁月的相望无言。省城离瑞溪镇也并不远，近三十公里的高速，下高速后七八公里，就回到那段近乎凝固的"旧时光"。高速口到小镇的路，并不平整，两侧种满庄稼，田地过去，是沃野间闪着零星灯光的村子。早在个人记忆里删除的一些零碎画面，从这曲曲折折、颠簸不平的路面上浮现——多年前，我曾在路边的哪棵树下，看过月色从枝叶缝隙间漏入地面。多年前，我是不是也曾背着一把竹剑，沿江岸一路朝东，想直达江水的尽头？这样的夜，容易让人心变得柔软，变得没那么容易拒绝人。我终于知道程培为什么驱车跑这么一段，他是不是要借助这环境，把我的防备卸下来？——看透了这一点，我暗暗发狠，把防护与戒备重新套上。

程培太熟这段路，估计闭着眼睛也能把车开回镇上。灯光逐渐亮起之后，我们抵达瑞溪镇，回到我们的少年时光。很多视频博主最近流行鼓动大家半夜离开省城，到各个小镇上觅食，这其中，瑞溪镇是一个热门打卡点——而我在瑞溪镇上成长，熟悉那里的任何一道缝隙与皱褶，知道那里的哪棵树为什么会长歪，不愿别人以掠夺般的方式去讲述它。车靠着镇上街边的一个炒粉摊子停下，程培的目的地，果然跟那些小网红推荐的打卡点一样。而我，当然对这摊点是熟悉的，摊主跟我们年纪差不多，当年我们在镇上读初中，摊主还是他的父亲。而他的父亲，年纪不算大就死于一场怪病，发作起来神志不清，看到谁都喊妈妈，让人既尴尬又悲伤。父亲死后，起先只会骑着嘉陵摩托狂飙的他，接手了这个摊子，一个风驰电掣的骑士，浑身裹满了油烟。20世纪90年代中期，我们在镇上读初中，最羡慕的人，就是这个消夜摊的摊主了，他们家的炒粉不知撒了什么料，吃过两回就有瘾，每回从摊子边经过，鼻子和胃部压不住地颤动，同频共振，远山回响。

　　这家炒粉摊数十年的柴火灶，顽固的旧味道，再加上小网红们的助推，不少陌生面孔不时出现，生意是挺火爆的，但估计是被最近不时反复的疫情冲刷，让这里显得萧条。黄灯冷寂，我有瞬间回到二十多年前的错觉。摆上来的炒粉和只漂浮着两片叶子的酸菜汤还没尝，但味蕾的记忆，已从舌尖返场，鼻尖和胃部好像又动起来了。我吞咽口水，说："开车这么远带我回来，不会只为了这一碗炒粉吧？"程培说："专门来吃这碗粉的，多了去了……不过，我当然有事求你帮忙。"我喝了一口酸菜汤，说："就知道东西没这么容易吃。"程培说："你自己也做短视频，你看过我们商会的那个视频号没有？上次我转给你，你看过没？"我说："看了两条，大概知道是怎么一回事。"程培说："我们县的老板们，在省城成立了一个商会，这是那商会在做的一件事，由我负责。当然，你也懂，我这人，露不了脸，适合做幕后。我们想采访从本县出去的一些有影响的人物，挖掘他们的故事，鼓励我们县那些做企业的后辈……"我说："挺好的事！找我是……我不做生意，也没啥社会影响……"程培说："想请你帮我们采访一个人……"我撅起一筷子粉，"你们不是有个女主持吗？"程培说："不是谁当主持的事！我们问了好几回，人家不愿接受采访。我想，你去帮我们问问。如果有一个人能撬开他的嘴，那个人只能是你。"我感觉到了不妙，把炒粉塞到嘴里，说："你们想采访谁？"程培手一抬，指向这条街黑黢黢的尽头，话像是飘出来的，"老沈！你肯定还记得，当年在街角处开租书店的老沈。"

我当然记得，在镇上读初中那会儿，老沈那个摆满武侠小说的破烂租书店，是我向往的天堂；每一本残破不堪的书，都是一扇时空之门，翻开就可以进入另一个世界。看来，程培拉我回来镇上，真的是蓄谋已久、精准投喂——他是要让过去的时光，成为劝说我的催化剂。我不知道如果答应下来会遇到什么困难，更何况在动不动就寸步难行的疫情时期。我没应下也没拒绝，只说："再说吧。"这些年里，老沈早已成为省内文化界的一个传奇人物，我跟他倒是在一些场合见到，但也保持着合适的距离，从不越过那条自我设置的分界线——老沈保持着自己的某种"神秘"，我也对别人的试图靠近特别警惕。我们有熟悉的部分、重叠的阴影，但都没到掏心掏肺的程度。

镇上小街拐角处老沈当年租书店的位置，已荒草蔓蔓。当年那场大火后，老沈没有在那块地上重建，也没有把其卖出去，任墙壁倒塌，荒草虫蚁入侵。随着周边房子越来越新、越来越色彩斑斓，老沈的破败房子就越加碍眼，有人找到过老沈，想让他转让宅基地，他一口回绝。据说镇领导也找到他，说他那地块这么碍眼，像润白脸上的带毛黑痣，像羊脂般肌肤上的一个脓疮，像一锅热饭上的老鼠屎……破坏了小镇的整体形象，让他要么转让，要么回来盖间房——反正他也不缺这点钱。老沈对喷来的连环比喻无动于衷，只淡淡地说："我乐意，我就想这样放着。"镇领导无奈，每逢上级到镇上检查、调研、采风、与民同乐，或者节假日，还得喷一大块彩绘，崭新的照片、标语夹带刺鼻的油漆，挂在那破败房子前，略作遮挡。

我说："你不知道，他老婆身体不好，他平时极少见人，怕把病毒带回家，传给有基础病的老婆，你们一大帮拍摄队伍，他哪会答应？你们采访谁不好，偏偏盯上他？"程培苦笑："哪是我想做？我那老板，是他的小迷弟，听说过他的一些故事，不把他拍一拍不甘心。说真的，你若不帮我，我这活也没法干了……我们老同学了，也不瞒你，疫情到现在，快三年了……眼下这就业情况，你懂的……这事完不成，我就得滚蛋。"我喝了口酸菜汤，说："所以就把这球踢给我？"程培说："反正不管咋样，我是厚着脸皮把球传给你了，帮不帮这个忙，你自己定。"他低下头，和碟里的炒粉、碗里的酸菜汤较劲。我起身，沿着街巷往前走，程培也站起身，跟行两步，又退回，坐下。我走到街末，再往外，就是镇外的田地，植物的气息汹涌弥漫。

当年，老沈那间简陋的租书店，给我灌输了一个个光怪陆离的世界，也养肥了我的想象力——我不知道那是幸还是不幸。站了好一会儿，眼睛才适应夜里的黑，我拐到老沈当年那间租书店的废墟面前，焚烧、倒塌多年后的铺面，在暗夜中散发出来的，不仅是荒凉，也有恐怖。夜风携带着一阵浓重的霉味扑来，也灌过来几个巨大的谜团——那场让小镇人心惶惶的大火，到底是谁点的？为什么老沈在大火之后，毫不犹豫就离开了小镇？为什么老沈飞黄腾达后，不愿意回到镇上，把这座房子盖起来？……

这些念头跟程培一样不怀好意，撩拨、煽动着我的好奇心。但我仍旧紧闭嘴巴——答应别人而自己吃苦头的事，我已经历过不止一回……我绝不能自己给自己戴上枷锁，绝不能自己戴上枷锁后，还把钥匙交到别人的手中。程培驱车离开小镇返回省城时，我们不再讲话，那座好像永远不变、永远不会变的小镇，就是腐烂污浊的泥潭，泡进去，再拔出来，我们就都披着一身洗不净的淤泥。

高速路上的荧光标志牌又闪闪灭灭。

要想引起老沈的兴趣，你不能跟他谈他满架子的海捞瓷，别谈他手头各个历史时期的徽章，别谈他时时点燃沉香供养的那颗舍利子……而要跟他谈音乐。其实，也不是谈，而是有求于他家的音响。"老沈，怀念你那音响了，想去听听。"在多年的古物收藏之后，老沈迷上了黑胶唱片，房里墙面顶天的大架子上，是他全球收罗的几万张黑胶唱片。他的播放机和音响都是豪奢之物，连接音箱的也是装修时留出的一条专用电线——那线自然也是价格不菲。据说有人问老沈到底值多少钱，他脸色不变，不哼声也不摇头，而消息灵通的则悄悄说："那根线，够你们买房时还二十年贷。"谁人看到老沈架子上密密麻麻的黑胶海洋都会犯迷糊，可你把网上抄来的曲子名报给他，他也不细看，手指在黑胶碟片盒的侧面一划，停下，一抽，大数据定位般精准。收藏是有瘾的，他当然只听过其中很小的一部分，很多连包装膜都没撕，可满世界飞的时候，他还是忍不住带回一些在其母国也极为小众冷门的唱片，在网上输入演奏者和唱片名都搜不到什么消息。

　　一般来讲，在他那博物馆般的收藏室里只

能待不到两个小时，他就从起初的松弛变得紧张兮兮，我瞧他眼神不对，准备辞行。他站起来，说："今天就这样，改天再来，我得到楼下去。"为了放下他那海量的藏品，有一年，在卖出一批海捞瓷后，他一口气买下顶楼的两层，下面一层居家，上面那层摆放藏品。他面带愧色说："不好意思，我家那位，要吃药了，我得下去看看，改天再来，改天再来。"他老婆的身体这两年急剧垮塌，已经坐了轮椅，而在这新冠病毒不知藏匿在哪个角落的慌乱年月，老沈根本不敢把她推出门。老沈甚至把原来一个帮衬的阿姨给辞退了，他实在没法知晓那阿姨在进入家门的时候，身上会潜伏着多少病毒。那阿姨觉得自己会因此生计困难，立即就哭了出来——老沈被坐在轮椅上的老婆训斥半天，他赶紧走进房间，包了个大红包给阿姨，才安抚了过去。老沈被网上的信息吓到，担心一旦被新冠病毒袭击，有基础病的老婆挺不过去，只能把心狠起来。阿姨一走，所有的事都得他自己来了，每天买菜做饭，定时提醒老婆吃药。他每次出门后，得先返回顶楼，对自己全身喷酒精，确认不会有任何病毒能存活之后，他才敢到下面一层去。我有时想，他老婆睡下之后，夜深人静之时，老沈会不会上楼来，以目光抚摸这满屋的收藏品？这么多的收藏品，被一代又一代的前人所观看，现今，它们被老沈的目光所摩挲，老沈眼睛发出的光，会不会透过这些旧物和前人的目光相碰，火花四溅，魂魄飘浮？

　　我有自己的工作，闲暇时经营一个自己的短视频号，我做的内容极为冷僻，和所有热点绕道而行。我想不到自己那个视频号有一天竟因为其中的一期节目而火爆了一阵。那是我去年春节在老家拍的，拍守着一家祠堂的孤独老者，他每天准点打开祠堂大门，收拾打扫，夜里也准点把门关上——由于他过于勤恳，那祠堂过于干净，他挥舞扫帚，并没扫向落叶和尘土，而是扫向虚无的空气；他开门，无人可迎，关门更无人需要防。他每天固定劳作，时钟般精准的仪式感，显示出了某种神圣感。即使是冬雨不停，祠堂院子的地面有水，他也仍然没有停下扫帚。这个视频莫名其妙被某个名人转发后，带来了不少粉丝，竟然也有广告跟了过来，还有人后台留言提供拍摄线索，还说真去拍了肯定能让我更火。工作、视频之外，我还悄悄写东西，我有一个和本名差别巨大的笔名，不会有人在文学杂志上看到那个名字所写的东西，把其跟我的视频联系起来；更不会有人把那些文字和标点组成的阵列，跟我的工作联系在一起——当然，各个刊物在公众号上发布宣传文章的时候，都会配发作者的照片，但我每次转这类文章时候，都在朋友圈里分类清楚，不会让同事看到。

最近，我非但不更新视频，打开电脑也没法敲下任何一个字，对工作也变得沮丧与恍惚。我很想找到缘由所在，可怎么说呢……我就像那个准点挥舞扫帚的老者，每次只扫到空无。我想了好久才明白，所有的变化，来自口罩——疫情之后，我们把脸缩在一张张口罩的背后，人与人保持着距离，我意识到了人们的情感变化，可到底是怎么变的？这种变化如何让人物言语慌乱、动作无措？这些新的变化，要在镜头里、文字中怎么呈现，我还想不出更好的法子……面对新现实，如此无力的写作，有啥意思呢？眼下的事没法写，那往前吧……回溯到没有电力的古时，让夜色洇染每一个月光照顾不到的缝隙。写个武侠故事吧，一切自由，让自己的思绪飞扬……而我仍然没法构思一个完整的故事，没法说服自己去写一场仇杀、一段逃亡、一次悬崖下的奇遇，我闭上眼睛，眼前浮现的只有一个画面——荒郊野外，破败屋院，夜雨倾盆，火光微弱……这场景驱赶不去，有很多回，我几乎就去往了那个现场，夜风夹杂着水汽，凉意沁骨，我期待着某个人的出现，期待着某段故事的开启，可那人是谁、那故事如何，我不知道。我总觉得我曾写过这么一个故事，总觉得有些厮杀、逃亡和江湖路远，曾在我笔下铺展绵延，然后戛然而止。某一个夜里，我呆坐在电脑屏幕前，对着一堆凌乱的视频素材，不知道该往哪里剪，不知道哪段画面要配上什么背景音乐，才能把画面激活。键盘的左手边，堆着各类蓝色、粉色、黑色的口罩，有全新的，也有用了没丢的，好像不是用来阻隔那看不见、摸不着的虚无病毒的，而是嘴巴的锁、言语的囚和遮脸的布纱。遮脸……夜行衣……一群戴面罩的人，在不知真正敌人是谁的乱局中互相厮杀——这画面犹如电光浮现，是的，这场面曾出现在我少年时的笔下，在那故事里，人人被困，渴望破城而出，但那故事并未完结，那故事与我的少年时代一同终止。那写了半截故事的硬皮本遗失在我中考之前，故事里的细节也从我的记忆里逃逸。

那是20世纪90年代中期，老沈的租书店是我的向往之地。出了小镇上最高学府——镇初中的校门，往南曲曲折折，在一个分岔口处，是一个文具店。说是文具店，也是杂货店，各种小零食、烟酒、鞭炮、香烛都能买到，老沈坐在货柜后面，双目空茫，不知道在看什么、想什么。有人觉得他魂不守舍，神不知鬼不觉拿了点什么往自己怀里塞，却总会在即将得逞之前，被突然伸来的铁钳般的手掌钳住，老沈的身影猛压而至，那人还来不及反应，身子已经被拎起，往门外一丢。被丢那人哇哇哇爬起，顾不上身上的灰尘和疼痛，伸手在怀里一摸，空的，他准备偷走的货品已经被老沈不知何时取回，重新放回货架上。老沈哼哼冷笑，右手食指、中指从伸缩的状态弹直，有什么已经直射而出，那人感觉耳垂一疼，赶紧伸手去摸，没有破皮流血，但耳垂疼得好像被切下了一块，而他的身后，掉落下一长方形的纸片——扑克牌。老沈又恢复了双目空茫的模样，他说："走吧，下次再这样，信不信我给你丢一把刀子？"那小子捂着耳朵，脸色惨白，他完全没看清老沈是怎么把扑克牌掷出去的，吓得跑丢了一只鞋也没注意。老沈飞纸牌的绝技，是镇上年轻人的一个未解之谜，各种猜测层出不穷。有说他深夜研究香港赌片，从某个赌神还是赌王身上学会了飞牌；有说他不断研读租书店里的武侠小说，从某部小说里提到的秘籍中发现了玄机，修炼成功，他就把那本载有秘籍的书私藏，不再摆出来；也有说他翻看各种杂志，在小广告里，发现了有出售武林秘籍的，便以邮购的方式买回了一本……但他怎么练成的，已经不重要，重要的是他小试牛刀之后，镇上的少年们沸腾了。有的人怀揣好烟去他店里塞给他，让他再露两手，他头都不扭说："你小子，上学去，别来惹我。"小子们盘桓不去，他竖起右手掌，所有的目光都盯着他的食指、中指，想看那里是不是夹着纸牌，啥都没有，他的手伸到耳后，挠了挠。很多人不甘心，暗中观察他是如何练成绝技的。有人说得像模像样，说他常常在江边摆一块木板架子，月色盈满之夜，他会对着那木板投掷筷子、牙签，练习准头。有人问他有没有这回事，他不说是，也不说不是，还是目光空茫地看着文具店门外，从鼻子里哼出，"要买东西就买，要租书就租，少废话！"

老沈租借的书，摆在后头，穿过所有的杂货架，跨过一个小门，光线暗了很多，只有屋顶瓦片的一块玻璃投下昏暗的光线，三个书架排成一个"凹"字形，上面摆满了被翻软、翻烂的武侠小说——也是很多年后，我才知道，那些可能都是盗版书。但在尘土飞扬的 20 世纪 90 年代，那几乎是我眼中的天堂，那些武侠小说全是我渴求的宝藏。租书是以天数算的，一本书押金三块，第一天收费五毛，之后每延长一天多收三毛，但几乎不会为哪本书付出超过五毛——一是因为那时零花钱太少了；二是那些故事太吸引人，在如饥似渴的追读状态下，不会拖拉太久。为了省钱，我们想出了各种方法，比如说，和伙伴商量好，你租上册，我租下册，交换着看，花一册书的钱看两册书；比如说，在选好书之前，假装挑选许久，却是以极快的速度翻看，把一册追完，再租走下一册……从屋顶玻璃上投射下来的那点昏暗光线，是唯一光源，却让我灵魂出窍——是的，在快速翻看那些陈旧、疲软甚至有缺页破损的书的时候，我的身子还在那里，但我的魂魄已经进入书中江湖。也有绝望的时候，就是翻看到高潮之时，竟然被撕掉了好几页，不知道是哪个租借人被那故事迷得神魂颠倒，伸出了他罪恶的双手。我顿时返回现实，绝望无比，喊起来："沈哥，怎么这本也不完整了？"老沈的声音飘忽不定地传进来："每一次还书的时候，我都检查了啊……"是的，他已经足够目光如炬了，可总有漏网之鱼，总有一些故事的片段，从他锋利的眼角处逃遁。被截断的故事，能让我在好多天内提不起精神——当然，还有最后一个办法，我把缺损处给老沈看一看，由他口头把那缺漏的情节连上。我几乎没看到过他在店里翻看那些书，可他每次都能把撕得七零八落的故事连缀成一个圆满的整体。我有时很怀疑，那些情节他根本没看过，他纯粹是张口就来，以他的胡编乱造来平息我的不甘，可我又找不到他讲述里的任何破绽，只能信了。很多年后，互联网无比便捷，我购买其中一些旧书回来翻看之时，完全是看新书一般的感觉，到底是我已经遗忘太多，还是存留在我记忆中的，根本是另外一个版本的故事——一个老沈说完即飘散在风中的故事？

有时老沈口头连缀的情节太过离奇，我便质疑，"这是你编的吧？"老沈嘴角一歪，"这不重要。很多故事，都不是一个人讲出来的。你以后会懂……对了，你天天看这些书，不会自己也写吧？"我脸一烧，心虚地往后一退，假装没听到。老沈是怎么看出来我也准备写武侠故事的？我买了一个崭新的硬皮本，备了几支用得顺手的圆珠笔，当夜深人静，在出租屋里完成所有功课之后，我端坐在摇摇晃晃的书桌前，准备把心中的故事，从笔尖流出，凝固在那硬皮本中。这是我最私密的领地，从不敢对人言，老沈是怎么知道的？我躲回书架边，不时抬头观察货架后的老沈，他若无其事，好像没有问过那句话，也并不期待我的回答，只茫然看着店外——或许，刚刚只是他无心的随口一问？我忐忑许久，热气仍未从脸颊褪去。

或许是我的错觉，或许老沈把我当成他的缩小版，我总觉得老沈对我比其他人好——有时我在书架边蹲守，翻看到屋顶那块玻璃光线昏暗，暮色犹如上涨的海水淹没了小镇，老沈也并不驱赶我，甚至走过来，伸手在某个角落摸索半天，一拉，一个五瓦灯泡发出黄色的光，书架边变得更有安全感了。我自己先不好意思了，赶紧拿起一本书，交押金，让老沈登记。老沈翻开一个硬皮本，写道："×月×日，下午×时×分，××，《乾坤残梦》（下）。"此时，小镇街巷的灯光渐次亮起，有人拎着一桶一桶的凉水到自家门口泼洒，想让白天晒得发热的地面降降温；卖椰子和清补凉的人，也开始把桌椅抱到路面上，电视机摆出来，录像机的连接线也插好，租来的录像带码放整齐，只等营业时间到，便开始播放那些香港武侠片。我觉得自己站在一场巨大无边的梦幻中，还未从小说中把头伸出来，又即将被那些噼里啪啦的武打连续剧和荡气回肠的插曲勾走目光。我踩在水汽蒸腾的路面上，小镇的灯光之外，笼罩着一个巨大无边的世界。

最爱的是周末，尤其是午后，尤其是下雨的午后，那样我就有足够的借口窝在老沈文具店后面的租书架下，不管不顾地翻书。那时，店里往来的人也少，老沈仍是目光空茫，望向阴暗天色中的迷茫雨水。他也不跟我说话，那几排书架全是我的，雨水声隔绝了所有杂音。其实，不管任何时候，不管我在那几排书架前待多久，老沈从来没有开口驱赶、提醒过我，他有时把目光掉转方向，朝文具店后头扫一扫，但并不停留。夏日的倾盆之雨，大起来很大，要消失也很快。我拎着书离开时，老沈也顺势起身，在门口处朝街上看了看，又坐回原位置。他的坐姿太固定，以至于若有哪天他弓着身子在店里收拾，进入店里的人都感觉特别不习惯。除了租书店里来历不清的武侠小说，邮电局门口的报刊亭上摆放的《江门文艺》《佛山文艺》，也都连载着内地作家的武侠新作；再加上每一家消夜摊都把电视机摆到街边，每晚五集六集地播放武侠影视剧，少年们被撩拨得心神摇曳。有人削竹当剑；有人跑到学校不远处的山坡上勤练拳脚；也有人拉帮结派，风虎门、群龙堂等也在小镇上兴起——有一个帮派的头子还是一个女生，她有十几个膀大腰圆的手下。在小镇上，她有一股让人不敢直视之美，在某些瞬间显得柔弱的她，是如何让那么一大群凶神恶煞的家伙服服帖帖的，一直是一个谜。我在脑海里把看过的武侠小说翻滚了一下，找到一个她的模板——《流星·蝴蝶·剑》中指挥着一群顶级杀手的"高大姐"高寄萍，莫非她也读过古龙那本孤独入骨的《流星·蝴蝶·剑》？我也会和伙伴们聊武侠小说，但真正深入的交流几乎是没有的——可以说说哪段火爆的情节，但能跟谁谈一谈书中那种铺天盖地的茫然情绪？我有一次猛地冒出一个念头，能跟"高大姐"说说古龙吗？这个念头一出现就再也没办法消失了，每次路上碰到她，我总是心跳加速，连瞥一眼的勇气都没有，赶紧低着头离开……或许，她会把我当作对她和她那群手下的胆怯吧？当她走远，我又远远望着她的背影，山高路远，怅然若失，我好像感受到了老沈望着门外的空茫。帮派一多，小镇上就变得很不安，少年们在某个山坡江岸约架的消息不时传来，有时我们正在上课，校领导来到教室，跟讲台上的老师低声几句，某个同学就被喊出去了。那老师继续若无其事地上课，上着上着，憋不住了，开始苦口婆心，"你们啊，好好读书，不然以后有什么希望？也要跟那×××一样，要天天在外面斗殴吗？是不是哪天也还要吸白粉？"×××就是刚刚被校领导喊走的那同学。那个时候，人人谈之色变的，则是在暗处流行的白粉，谁都不知道它到底是从哪个缝隙流到小镇上的，却有不少人，已经被它要得家破人亡。

吸毒的人一多，镇上也不安起来，某些瘾君子专门拥堵在偏僻街巷，让路过的学生们把口袋翻开，有零星纸币的，尽皆拿走；有支支吾吾不配合的，一巴掌扇过去，要是敢哭敢叫，扇的力道就更重了。我也遇到过。那是一次晚自习，我回去得晚了些，走出校门没多久，路灯愈加黑暗。路灯好像不是来照亮街巷，而是作为背景，把那些灯光未照到的地方映衬得更加暗黑。就在我走过那盏明显更加破败的路灯的时候，有一个声音从黑压压里传出来，"同学，停一下。"那声音中气不足，每个字之间夹杂着浓重的喘息。我加快脚步，可黑暗中猛地伸出一只手，扯住我的书包，"叫你停一下。"好像用力压住，那喘息也就没那么重了，一股怪异的酸臭味从身后涌来——我从未闻过那样的味道，那是被白粉击垮身体的人，才会散发出的味道。我手上用力，书包往前拽，书包竟然把后面那人带倒了——据说，那些人在毒瘾发作时，浑身无力——我趁机往前跑。摔倒之人喊了起来："拦住那小子，竟敢反抗。"不知道什么时候，有几个黑影把我围住，多条手臂挥舞，我身上砰砰砰地不知道挨了多少拳。好几只手压住我的双臂，还有手伸到我的口袋里，翻起来，我浑身扭动，便有人不断以拳头招呼。我喊起来："打人啦，抢钱啦。"从我口袋里没翻到什么，又有人把书包一倒，书本文具噼里啪啦掉落一地，有人推开手电筒翻找，边找还边骂："操，这小子还真干净，一毛都没有。"压住我的那些手臂不断在我身上抢。

我想招架都不知道朝哪伸手，只能狂叫，不知道挨了多少拳，感觉自己快要痛得晕眩过去的时候，那些围着我的影子全都倒在地上了，一个尖锐的声音喊起来："又是你这租书佬，老是这样，改天，把你店给烧了……"这话一落，一巴掌招呼到他脸上，老沈那仍然懒洋洋的声音说："快滚，再废话，小心我报警，把你们老窝给端了。"几条黑影知道惹不起老沈，借夜色掩住了狼狈，慌忙逃遁。我的脸肿成了猪头，随便摸到哪个位置，都疼得牙齿崩碎。老沈左手的打火机亮起来，他的身影蹲下，右手一本一本捡起我掉落地上的书本，一件一件捏起我散落四处的文具，全都塞回书包。老沈愣了一下，从一个角落拿起最后一本书，微弱的火光中，我看到那正是从他店里租来的一本《圆月弯刀》，他把书塞进书包里。

老沈说："走，我请你吃消夜。"也不管我怎么说，他已经把那书包挂在他肩上，拉着我往前走。在炒粉摊坐下，老沈跟老板说："一份炒粉，加肉，加肠子。"那个五瓦的灯泡，能照亮的范围很小，小镇上也有一些零星的灯光，迅猛的黑色张开了它巨大的嘴，一点一点吞噬着它能咽下的一切。浑身的疼，也阻挡不住炒粉的奇香——我此前当然也吃过消夜摊上的炒粉，也正因为吃过，对那几乎刻入骨子的美味才魂牵梦萦，那是什么味道啊，那是怎么炒出来的啊？可从村里到镇上上学的我，哪有资本吃这些，每天晚上从街边的摊子走过去，被扑来的香味突袭，内心挣扎，无比痛苦。而此时，一盘刚刚出炉的炒粉就摆在面前，而且，是加了肉、加了肠子的，美味翻倍。身上的痛、眼前的粉以及那碗清淡的酸菜汤，让我百感交集。老沈自己不吃，只给我点了一份，他在旁边看着，好像在看着他的过去或未来。第一筷子的炒粉摭到嘴巴里，所有的味蕾被调动，在那一瞬，身上的疼痛消失了，不知不觉间，眼角决堤，泪水涌出。

老沈从我的书包里翻出那本《圆月弯刀》，封面又卷又残破，内里也有缺页了，那故事我看得并不完整。老沈捏着书，挥向前、挥向后、挥向左、挥向右……他说："你看看……这镇上……"我从吃了几口的那碟炒粉中抬起头，眼珠被泪水所模糊，不知道他想说什么，不知如何回话。他又以那本书指向炒粉摊不远处的一个清补凉摊，天热，那里坐了二三十人，人人都点了份清补凉或炒冰，盯着店家摆到街上的电视机看。今晚没有播放武打片，而是放着一部时装片，但香港电影嘛，还是那样，打打杀杀，不过，背景换成了摩天大厦……那里无边繁华。老沈的手停住，指着电视机，他说："你啊，以后，还是要走出这个镇，千万不要留在这儿。你看看……人家生活的地方，那样……得出去看看。"沉默了一会儿，他继续说："这些书，你还是少看，多看看课本，才有机会出去。电视上的那个世界，要是不看一看，这辈子就白过了。你别学打你的那些人，他们这辈子已经毁了，你千万别跟他们一样。"……我记不得后来是怎么散的，我甚至觉得，那些话是他说给他自己听的，而我，不过是他说出那些话的引子。

老沈后来离开小镇，不知道是走投无路，还是破釜沉舟。很多人认为，他的离开跟那场大火有关。那场火是在后半夜忽然烧起来的，周边邻居和后来从县城赶来的消防车，只"救"出满地狼藉和污黑遍地，店铺里的东西几乎全都焚毁。老沈租书店的宅基地是他父亲买下的，简单修建成瓦房，老沈自己用木工搞了几排货架，就成了后来的店铺模样，一场大火，让这租书店从小镇上彻底消失。那场火之后，我找过老沈几次，但他好像忽然消失了。听说他回到了村里，我在中考后的那个暑假，还去老沈的村子找过，我骑自行车穿过那被绿树围裹的小村，走到村人指认中他家显得破败的瓦房，并在他们祖屋门前暴长的茅草间站了好一会儿，没有他的下落——他已经出走，他们家族没人知道他去了哪里。在村口一棵气根缠绕的老榕树下，有几个村里的老人，七嘴八舌地说："哦……那小子啊……""他很聪明一个人，是村里不算最早考上大学的人，后来啊，不知道怎么回事，说是在学校折腾啥的，书也没读下去，回来了……""现在，镇上也待不住了，房子也烧没了，人也不见了……""老毛病了，狗改不了吃屎。"……我知道，换成我，也没法在这样的闲言碎语中活下去。

小镇上的人，对那场火的议论没几天，可那店面的废墟，一直存了二十多年，人们的感受也从突兀变成习惯，接受了那地基上长出的茂密野草——那里当然也成为野猫野狗的最爱。那间租书店着火的时候，我已经是初中三年级的最后时刻了，之后不久的盛夏，我考上高中，经过一个记忆里处处焚烧的酷暑，我离开了那个小镇。那几乎是彻底地离开，后来每年假期，我还会回去，但和小镇已经有了隔阂，物是人非无法融入。我甚至也不能再躺到楼顶上——夜风和夜露会让脑袋疼痛欲裂。

后来老沈如何在省城发家，一直是一个谜，我与他再次相见，已经是新冠疫情暴发前几天的一场展览上。那时他已经是省内收藏界的一位大佬，也在省内的美术界耕耘多年，其南方山水与现代观念的融合画法，一直饱受争议。
但老沈也很少对那些关于他的事做任何回应，
他好像成了一个隐士，你很难在公共场合碰到
他，你甚至不知道他有什么深交之人，想要
曲折地打听点有关他的事，问到谁都摇摇头，
"不太熟。"那是一个海南岛上老物件的展览，
省内多位收藏家都把自己的展品拿了出来。展
览前言上罗列了十二个名字，我看到了那个让
很多往事翻涌的名字——沈郁澜。在以往，我
见到过无数次这个签名——每一次，我把书还
回租书店，老沈翻开登记本，用一根横线把登
记栏的那本书划掉，写下返还的时间，最后他
便郑重地签下这三个字。我当时并不明白，他
生于 20 世纪 70 年代初，也就比我们大个十余
岁，可为什么几乎没人喊他的名字，而全都喊
他"老沈"。是因为在那个小镇上，他的名字
太过生僻、太过文艺了吗？难道说，他本来就
不叫这个，这是他后来自己改的名？我还不得
不多想一想，回到镇上开店铺之前，老沈在做
什么？我在展品标签上细细查看，看到老沈展

出的有三件：一件黎族人的龙被、一件做工精细的椰雕、一件品相绝佳的海捞瓷。我不太懂这些藏品的价值，纯粹是被老沈的名字吸引过来。其时，我偶尔在视频上介绍一些文化活动，参加这次展览，是一次例行的"工作"而已。我有点失望，就算那三件藏品都很值钱，但总感觉有些"老气"，跟老沈的名字对不上。展厅里人声嘈杂，我准备离开，正在此时，有人从旁边伸手打个招呼。那人戴着一只口罩，我不知该怎么回应，他手往外一指，示意我们到展厅外。出了展厅，到走廊处，那人把口罩一拉，露出那张我熟悉又陌生的脸——老沈。他两鬓有些发白，眼角有皱纹，神情疲惫，可只看他的眼睛，又觉得很年轻。那只浅蓝色口罩挂在他的下巴处，特别怪异。我说："你……大明星啊？怎么戴着口罩？"

老沈笑了笑，"最近在外头跑得多，听到些传闻，不好说……你最好也准备点口罩，人多的时候，戴一戴，保护自己的安全。"当时尚是疫情暴发之前，我并没有意识到后来将改变很多人的危机已经不断迫近，只是笑笑，不知如何作答。老沈把手机划开："我们先加微信，后面多联系……"我立即把他加上。有进出展厅的人，从我们身边走过，老沈很是警惕，口罩一提，盖住自己的下半边脸。我觉得他太过夸张，一下不知该说什么，老沈扬扬手机，"有了联系方式，我们后面聊。"我只能点点头。老沈转身，把外套的帽子一提，罩住头部，离开展览馆，把自己丢入冷起来的冬日。四天后，关于新冠肺炎疫情的新闻传出，人传人的景象让人惊恐，口罩成了稀缺物，我想起老沈那"夸张"的动作，知道那是深谋远虑，是先见之明，是江湖高人的未卜先知。疫情一起，人心惶惶，我和他自然也没有几次机会见面，只是在朋友圈里，靠拇指的点击，互相了解近况，并往前推算那消逝的二十多年。

　　疫情开始，人人都像带壳的蜗牛遭遇了危险，迅速退回自己的安全地带。老沈在朋友圈里出现的时候不多，他并没有更新个人动态，只是偶尔转发一些关于书画展、艺术访谈的文章，我才逐渐知道，消失的这些年，他已经蜕变为省内收藏界的一位大咖，也是省内一位颇具影响的画家。被截断了那么多年时间，我无法把当年那个守着租书店的老沈，和戴着口罩再次登场又在朋友圈里保持着某种神秘的老沈，当成同一个人。当他再次出现后，我有意识地搜索他的过往，但能找到的资料并不多，他尤其不愿在省内的媒体上亮相，他甚至极少参加省内的活动，有些人把他这一行为视作高傲。而我，也是无意间在一本省内的画册上，看到了他的专访。那画册叫《海南水墨五家》，汇集了海南五位优秀国画家，老沈是其中之一。这本画册，汇编了五人各二十幅代表性作品，每人的作品背后搭配一篇访谈。关于老沈的那篇访谈，题目叫《墨底乌云》。

沈郁澜是画家，也是收藏家——当然，他不愿这么自称，他只是把自己当作一个时光的收藏者。和大多从小学画、有着漫长专业背景的画家不一样，沈郁澜拿起画笔入行较晚，可短短几年内，他的独特风格已让人过目难忘；

这种风格自然也引来了争议，被某些较为传统的画家视为叛逆——对传统的背叛。他画水墨，可他的题材极为当代，他在题材、技法方面都极为大胆。沈郁澜此前很少谈及自己的创作，若非因为本书的统一体例，沈郁澜也不太愿意接受编者的访谈。其实，沈郁澜曾多次拒绝他的作品被收入本书的。后来，采访者也是通过沈郁澜的一位未算正式却于他有恩的老师，才让他松口了。

问：沈老师，您好。来之前，我看了您不少作品，感觉很奇特，您画的是水墨，但您的题材很有意思，并非传统的花鸟、山水等，您竟然画热带密林里疯长的植被、画海底巨鲸、画炫彩高楼……甚至也画了不少一看就是想象中的画面，水墨和这些题材的碰撞，产生了很奇特的效果。不知道您是有意还是无意，您为什么选择这样的题材？

沈：并非有意这么选，纯粹是我想画点不一样的东西吧。有些人一辈子画虎、画马、画牡丹，并常常自诩画虎第一人、画马圣手、牡丹之王之类，我不愿干这种事。如果连艺术都画地为牢，变得这么僵死，那也太没意思了。

问：您此前并非学画出身，对于海南的画坛来讲，您有点横空出世的感觉，很短时间内，一下子被很多人注意到。而且，我感觉到，您很多时候有点有意躲避着海南，您在外省搞过不少展览，但几乎从不在省内搞个展，和省内的画家也极少交往。可以问一问，您是怎么开始绘画的呢？

沈：我确实非专业出身，事实上，我大学没读完，毕业证没拿到，专业也不是这个，算起来只有个高中学历。从学校离开后，我啥都做过，什么人都见过，有些心灰意冷，后来，我回到镇上，我爸在镇上置了个小房子，也做不了什么，我把那里改成个租书店，我在镇上混了几年时间，每天守着那店面，有大把时间可以挥霍，除了看各种杂书，我也乱画一点，当然，那些画都拿不出来见人。我后来离开那个镇子，到省城来，也做过不同的事。碰到我老师的时候，我在一个出租车公司当司机，那时老师从广东到海南来写生，海南这边的画院对接，刚好租了我们公司的车，我有十来天一直跟老先生在一起。途中，和老先生也相识起来。你可能想不到，我跟老先生变得熟络，竟然是因为武侠。

问：武侠小说？

沈：是的。我以前在镇上开过租书店，读了大量武侠小说。没想到老先生也感兴趣，还读过不少，一说起来眉毛都跳舞，还说起了武侠小说大宗师金庸先生。作为岭南画派的一员，他一直居住广州，往来香港极为方便，有几次在粤港文化交流会上，《明报月刊》的查先生也来了——查先生便是金庸，金庸先生本姓查——金庸先生有些板正，好玩的还得是倪匡、蔡澜等人，一开喝，喷胡话。金庸先生从不喝多。老先生手头有金庸先生送的签名本，他则还了一幅画，在那幅画里，金庸先生不再是板正的西装革履，而是长衫飘逸，宗师气度，老先生在画的右侧题字——浙江潮水入香江，身世飘零岂堪查。句内点了金庸先生的姓，也含了其出浙江、定香江的身世流离。金庸先生看了画中题字，为之黯然。我从没想到，眼前这老先生，竟和一些传说中的人物关联在一起，不免深感唏嘘。有些话我没跟老先生说起，就是我离开小镇后，也曾去过香港，到《明报月刊》的办公场所外看了看，时代不同，物是人非，和想象中差很远，从香港回来后，我才在海口扎根。出车之余，我也乱画一些画，我厚着脸皮拿一些画稿给老先生看，他大感惊奇，多次指点——当然，我知道自己基础差、学识也不够，从没让他收我为弟子。那之后，老先生多次再来海南，我们也都有联系，或许因为武侠，因为我从未谋面过的金庸先生，我们的距离近了许多。我能看出，老先生有好几次希望我能主动提，但我从来没提——一是源自我的骄傲，我不愿求任何人；二是我觉得，学习不拘泥于形式，真正变成师徒之后，很多时候反而绑手绑脚。在绘画和带入门上，先生帮过我很多，先生前几年过世时，我反问自己，若是真拜入门下，真正投入一些精力，我会不会画得更好？但这也只是一闪念，我也并不后悔自己那"沉默的拒绝"，其实，我内心是拒绝那样的关系的，作为一个当代人，我觉得自己处理不好"师徒"这样的关系，那就不为难自己了。先生开的一些书单，需要看的一些画册，需要学习的技法，能找到的，我都找来看了，能够练的技法我也都自己学，这样也好，适合我的心性。其实，我是很清楚先生为什么多次要开口收我为徒却又憋住不说，他知道我终究和他非一类人，他对我此前的画有一些欣赏，但我们并非同路人，作为一个欣赏者，他可以毫不掩饰他的欢喜，可若是有了关系的羁绊，他就得背负着我画风出格的压力。何苦呢，保持距离，也保持自由，多好。

问：对于很多人来讲，有这么一个机会可以跟老先生建立关系，肯定都极力争取，想不到您竟然以这样的方式，保持着距离。

沈：老先生在鼓动我参展，鼓动我创作方面，还是提供了很多便利的，若不是他的催促，很多时候我都几乎放弃绘画了，甚至说，我不会变成一个绘画者。

问：您是怎么会想到，要把水墨变得那么当代的？以油画般的热烈灿烂，去绘画此前几乎没有水墨画家表现过的热带雨林里的各种植物——传统的笔法里不会用这么多色彩；以一种摄像机仰拍的视角，画一头游过的巨鲸，人好像是躺在海底往上看的角度——这完全是当代艺术的做法，绝非古典水墨会关注到的。但又可以看出，您的那些笔法、那些水墨晕染的技法，仍有传统之源。您自己怎么看？

沈：事实并没那么复杂，并非我有志突破什么的。可能所有这一切，恰恰因为我并非专业出身，没有那么沉重的传统包袱，想怎么画就怎么画。此前，传统水墨里，画的多是北方的山——毕竟海南历史上几乎没有过像样的画家——海南当代的国画家在题材、技法上，是没有多少东西可以借鉴的。传统大家笔下的植物，跟海南的热带植物没什么关系，你见过哪位大家画过椰子树的？所以，一切都得自己摸索，既然都要自己来，那不如彻底一点，在色彩上也大胆一些，不自我设限。所以，我有一系列的画，注视着那些植物的根部，那些繁茂的、错综复杂、像藤一样缠绕的状态，反而很适合笔墨的线条，就像书法中的草书。在枝叶、花果的表现上，色彩也尽可能大胆一点，不知道你能不能明白，传统水墨，偏淡、偏冷，这种淡和冷，要表现热带的繁茂，好像有着天然的相悖，没有办法把我们海南强烈的阳光感体现出来。我觉得，要画好海南，色彩特别重要，色彩中阳光般的金黄色，特别重要。

问：那您怎么会想到画海底的题材呢？您也有二十多幅海底的题材了吧？尤其那头巨鲸，让人过目难忘，您肯定知道，不少人对您的绘画有看法，但我也私下打听过，即使那些对您特别有意见的，也不得不承认看到您用水墨画出一头潜游的巨鲸时候的那种冲击。您自己怎么看？

沈：那幅《乌云之光》？

问：是的。

沈：这事，说来话长。

问：可以简要说一说？

沈：这跟前面谈的那老师也有关系。你也知道，他除了画画，也收藏，什么老东西都收。他后面来海南多次，我都陪着，陪着他找各种老物件。有时还随船出海，捞那些海底的老东西。那时，那些东西没什么人要，也没什么人懂。他不知道从哪儿打听到，有些渔民发现海底有些瓷器，他就找人去帮他打捞，有多少他都收。我有几次也跟他一起跟着船出去，才知道那是古时沉船掉落海底的瓷器，现在都叫"海捞瓷"。可那时没人懂，就是些破烂旧物件，没人要。那些瓷器本要从海上丝绸之路出去，远抵欧洲，摆在欧洲贵族甚至宫廷的宴会之上，可却因风浪等海难而被击沉，覆上沉厚泥沙，再被海水封印，不见天日。海浪与时光冲刷，什么都会朽烂，唯有这些瓷器，被捞上来，仍旧光洁如初——海捞瓷是时间的死敌。我好几次学着下海、潜水、捞瓷，在海底，什么珊瑚、各类鱼虾都见过，巨鲸我没见过，但一群群密密麻麻的鱼从头顶过来，我见过；也见过很大的不知道是什么鱼从头顶漂过，不断压迫而来，那情景我过目不忘。后来画画，想不起那到底是什么鱼，又总要具象化，就把那大鱼画成鲸了。

问：您后来也收藏，是不是也跟这一段经历有关系？

沈：当然。

问：那您怎么会把这么一幅画海底的画，叫作《乌云之光》呢？

沈：你们这些人，就是想得太多……你想想，水面上有日光照下，并不黑暗，那么一头鲸漂浮在你的头顶，有些背光，像不像一朵移动的乌云压迫而来，叫这么一个题目，不过是最简单明了的"看图说话"吧？

……

这篇访谈，共有一万多字，后面还有很多关于具体作品的讨论，我却想在这些作品之外，找到老沈变成今日之沈郁澜的蛛丝马迹。无论如何，一个人侦探一般想挖掘另一个人的过去，总显得居心不良。有好几回，老沈邀请朋友去他的工作室看他的藏品之时，也不时把我叫上。每一回，他总是先挑选一张古典黑胶，让房间里萦绕着近乎完全陌生的曲调，藏品在此时亮相，好像被音乐加成，覆上一层神秘的光泽。有一次，我在他工作室的展品里乱看之时，在一个墙角处，发现一个架子上，摆放着一堆磁带，满满当当，估计有数百盒。随手翻看，全是香港歌手的老专辑，许冠杰、谭咏麟、张国荣、四大天王、梅艳芳等，都有，只要一看到歌名，你耳边就瞬间响起歌声，甚至歌手换气时的气息颤抖。我有点呆滞，他收藏了满架子的黑胶，想不到还有一个角落，堆满这些曾到处传唱的流行歌，堆满这些少年时代的笑与泪。我有点迷糊，当年，老沈的租书店里，是不是也曾卖过音乐磁带？这些，是不是他当年店里的存货？可是，当年那家店，不是早被付之一炬了吗？我的记忆愈加混乱，当年，我在租书店的书架上翻着书的时候，一本又一本印刷糟糕、残破不堪的武侠小说从我的指尖划过，老沈是不是在一台录音机上，播放着眼前这些磁带？老沈当年是不是在歌声中摇头晃脑、黯然失神？

初中时，我写的那部没有完成，最终消失无影踪的武侠小说叫《破城谱》。那时，那些打打杀杀的小说看得多了，在枯燥的功课之外，我也想写一本——当时我还不懂，在某种程度上，写作比阅读还让人沉迷。我不经世事、全无积累，所谓的阅读也就老沈那些破破烂烂的书，所有的经验就是自己上学的记忆，能怎么写呢？我把小镇上见到的一些事，全都幻化，放到一个武侠世界里，比如说，那些要勇斗狠的少年帮派，自然转化成了一个个江湖门派；那些入侵到小镇上的白粉，就成了江湖中迷人心智的奇毒；少年们的争斗，便是一场一场江湖厮杀；老沈守着租书店，那在小说里，就是一位神通广大的绝世高手，人人都没能注意到他，他仍然是一个开小店铺的人，可当所有人纠缠难解之时，他便出手轻易化解……而所有这些人，都因为一个谜团，被汇聚于一座边城里，人人都想着往外走，都想着从城中杀出一条血路，到更广阔的江湖里看看。要往外走，并不那么容易，每一步都头破血流，每一步都杀机四起。我先写了两万多字的开场，以不断收缩的方式，把从各处出场的人，逐渐汇聚一处，城中便热闹起来。每个人都感到了城里要出事，每个人都知道有一场大阴谋正快马奔腾而来，但没人能够提前制止，每个人都面对着莫测的命运，没有谁知道自己能在这里活多久。有几个胆小的，受不了那让人窒息的压迫力，想迅速逃离，却在出城后尽数被诛，尸体被马匹送回城里。当然，并非这座城已经封死，并非所有人都不能正常出入，那些非江湖客的普通人可以随意进出，并没有发生什么意外；那些一身武功心有所图的，则是寸步难行。每个人都能感觉到，仅仅是分辨出江湖中人和普通人这个工作，就需要耗费多少人力物力，所以背后到底是哪个人在指点江山，就成了最大的谜团……当我逐渐把故事铺展开的时候，我也还没想清楚，故事的全貌是什么样的。

　　这个故事只属于我自己，我不敢拿给任何人看，怕被笑话。而当遇到第一个坎跨越不过去，憋得太久了，我才发觉，当写作没法进行的时候，作者会变得无比痛苦。就是在那一刻，我感觉到了某种孤独，我知道这孤独很奇怪，也很矫情，但还是抑制不住。我犹豫许久，才拎着那个本子找到老沈——在这个镇上，我不知道要找谁，不知道还可以跟谁聊写作这种事。我几乎是颤颤巍巍把本子递给老沈，嘴巴更是被堵死了一般，微张好几次，也没能说出话来。犹如从高处往深渊跳，我加速说："我写的东西，你先帮我看看，明天我来拿。你可不能跟任何人说。"没等他说话，我就跑了。当天夜里，我没办法合眼，我很后悔把写的东西给他看了，那是脱光光站在街上任人注视指点的感觉——我甚至想要不要连夜去找老沈把本子拿回来。第二天，我鼓着浮肿的金鱼眼，在街角的一个角落里盯着，老沈才刚拉开铁卷闸门，我便已经冲过去，支支吾吾，想问却又不知道问什么。老沈淡淡一笑，"我看完了……"他没有任何评价，我也愈加紧张起来，浑身颤抖。老沈从挂在肩上还没来得及放下的挎包里翻了一下，把本子递还给我。我很想立刻消失，又脚步凝固，期待老沈出声。老沈说："你写得很好，我很羡慕。我也想写东西，但写不了，没那个本事，两句话都说不顺。假以时日，你肯定能成为一个作家……"他竟然用了"作家"这个词，多么遥远，多么神圣，多么辉煌，又多么虚空……我的脑袋如遭重击，甜蜜的重击——我知道他的话里多是鼓励和安慰，但我愿意饮下这有"毒"的甜酒。老沈说："不过，武侠小说，不算很高级的东西，你多看其他的书，我住的地方有不少，什么时候你过来，那里我有不舍得拿来租的书，你看看，对你有帮助。你的文字很好，但武侠小说，毕竟是消遣的东西，还得看看其他的东西，眼界才会上来……"我不知道他所提到另外的书、另外的眼界是什么，但我感觉，有一个更加广阔的世界，正在向我打开——眼前乌云密布，可乌云背后，已经有光透射而来。老沈说："不过，你马上中考了，不着急，一来，你这小说不着急写；二来，那些书你也不着急看。等中考完了，你到我租住的地方，好好看一个暑假，写一个暑假，你的小说，肯定会一鸣惊人。等你写完，给《江门文艺》《佛山文艺》投投稿，那些杂志发武侠小说，搞不好你投过去，就给发出来，你可就能赚到稿费了。"稿费……什么稿费，我沉浸在被认可的甜蜜之中，还没想到那么远……老沈继续说："你的《破城谱》里，是不是每个人都想着到城外去？"我点点头。老沈说："所以，你也一样，你也要到我们这个小镇之外去。《破城谱》里的每个人，都是你自己，那些人都想着往外走，你也一样，你也要往外走，要到更大的世界去，我们不能一直在这镇上当土鳖。你没见过外面的世界，我上过半截大学，是见过的——我好像通过一扇窗，看到外面世界的模样，可我还没下楼，窗户又给我关死了，但我已见过，我总要下楼，门不给出，就把窗给砸了，跳窗而下。最迟，过完这个暑假，我就出去，再赖在这个店里，一辈子就毁了。"

我把硬皮本放回书包，感觉自己成了孙行者，双脚踩着云一般，飘着去到学校。

离中考还有两个月的时候，天气越来越热，雨水也越来越多，中考不像高考那样压力大，但能不能上一所好的高中，仍是改变命运的关键。在那时，有一些同学已经分流，有的去学美术、学音乐，准备考中师；有的准备考中专，想早日出社会赚钱；没有人跟我讨论过，但我铁定了心要读高中、考大学。临近中考，老师给的压力也很大，我当时写《破城谱》，也不过是想在那窒息般的密不透风里，可以喘一口气，老沈让我知道，写东西、读闲书都可以慢慢来，我得直面逼迫到眼前的一场大战。当时，我的成绩在同年级里，是比较靠前的，从没跌出过前三。在离中考还剩两个月的时候，班主任跟我们宣布了一个消息，最近学校将会组织一次摸底考，分数前十的学生，再进行一次小范围考试，选出三位同学。这三位同学可以参与省内一所重点高中的提前选拔——如果通过考试，可以在中考到来前，被那所重点中学录取。毫无疑问，能够在这样的考试中被选中的比例是极低的，我们这所小镇初中，以前还从没有人被提前录取过，但无论如何，这都是一次难得的机会，我当然得争取一下。当时传闻，说副校长的孙子、一位老师的女儿，也都在本校读初三，他们的成绩本就不差，再加上这层关系，三个名额，他们已经占了两个——我得和其他七人，一起争那最后一个提前选拔的名额。现如今，见到那几个有了竞争关系的同学，再打招呼，都投来凌厉的目光，我的身上快被扎满数不清的小洞。又是暴雨的一夜，我躺在那间只有我一个人居住的房间内，无比慌张，一种快要和熟悉的旧日子告别的慌张——当时，我爸妈尚在村里，在镇上又没什么亲戚，上初中之后，他们租了一个房间给我。起初，他们轮流跟我住，但田里的庄稼抛不下，他们在家里养的猪、养的牛更抛不下，逐渐逐渐地，那房间就单独属于我一个人。他们对我很放心，并不担心他们的儿子会被小镇上风起云涌的新事物侵蚀。事实上，即使他们偶尔来这出租屋居住，也不会跟我说什么话，他们只是沉闷着，和所有的父母差不多。当雨声在屋外哗啦啦地响着，我好像进入了《破城谱》里的慌乱江湖，对我而言，眼前的考试，就是一场厮杀，"十选三"变成了"八选一"，我愿意不愿意，那都是一群对手。雨声让熟悉的小镇变得如此陌生，缓慢的时光加速起来——我在以前所未有的速度远离眼下的日子。

　　校内选拔考试前一周，我变得无比勤奋。虽然即使争取到去参加考试的名额，要真正考上还是难，但我不想放弃试一试的机会。校内选拔考前两天，我晚自习到夜里十点半，回到我一个人的出租屋时，却感到隐隐的不妙。那是只有一层的平顶房，走到门前，发现本应锁死的木门，却在深夜的风中晃荡不止——门竟然开着。我拉开电灯，发现门锁已经被撬开。我房内就一张床，衣服堆在床头；一张摇摇晃晃的简易桌子，一把塑料椅子，是我学习吃饭所用；桌子上堆着我的课本、文具。此时，我的衣服已被丢得到处都是，连床上的竹席也被掀开——很明显，遭贼了。家里给的生活费，我都随身带着，屋内并没有什么可丢的，可我还是内心慌张，不知道什么东西已经被拿走。我蹲下身，慢慢整理着房间，把所有的东西归还原位。边整理边细想，到底少了什么？到底有什么东西被偷走了？什么都没少，内心的不安却一直都在。我把门反锁，躺到床上，直到快要入睡时，我才想起到底丢了什么——那本没写完的《破城谱》。那是我从心底一个字一个字挤出来的，可对别人来讲，那纯粹是一叠废纸，有谁会要偷走它呢？我翻来覆去到第二天也没法睡。到学校之后，我仍旧提不起精神，程培凑过来："怎么了？"我摇摇头，没说话。他说："你精神很差。"我忍了一会儿，说："我被偷了东西。"他说："什么？"我压低声音："我写小说的本子，被偷了。"程培说："我还以为什么事呢。"我没法跟他解释那是我从骨血心梦里挤出来的文字，那对我有多重要。

又一天，上学时候，我在课桌底下，发现了一张纸条，上面的字歪歪扭扭，写着：拿走你本子的，是黄惠芬。这所谓"黄惠芬"，正是有十几个男生跟着、被我当作《流星·蝴蝶·剑》里的"高大姐"的那位。我脑子一轰，不知道谁给我写的这句话，那张纸条米黄色，皱皱巴巴，不知道是从哪个本子上撕下来的，是谁在给我指路？真是"高大姐"拿走了我的本子吗？好不容易熬到放学，我再也忍不住，朝老沈租书店对面的游戏机室走去——每天，她有很多时间耗在那里。游戏室是小镇少年的向往之地，一个一个游戏币塞进去，就可以从游戏机里复活，开始一段冒险，很多人沉迷在那个游戏世界——也有些人爱赌，就玩跑马机。我没进去过，怕自己会被那些游戏机所迷惑，在门口那犹豫了好久，不断有人掀开门口悬挂着的那块布帘，我已经听到"高大姐"的欢呼声，还从别人掀开布帘时，看到她的身影混杂在一群男生之中，左手摇着游戏机的摇杆，右手狂拍着游戏机的按钮。我内心忐忑，不知道单凭一张纸条，该怎么进去质问她。我一直在门口那里等着，快二十分钟后，有人掀开布帘，我看到，她玩的那台游戏机周围，只有她一个人在摇头晃脑，嘴里骂着些什么。我立即走进去，站在她身边，她没有回头，我等了有半分钟，她手掌一拍游戏机的摇杆，粗话从嘴巴里喷射而出，"奶奶的，死了！"她扭头，眼睛一撇，扫了我一下，"你要玩？旁边等着去。"我没有说什么，把那张纸条递过去。我闻到某种若有若无的味道，不是臭，也不是香，一股不知道怎么形容的气息，我头有些晕，有些醉。游戏室里的所有喧闹瞬间消逝了，由于靠得比较近，她的脸冲到我的眼里——我是第一次这么近看她，那双眼特别圆，嘴角带着一丝不屑，什么都不在乎，而正是这种满不在乎，充满致命的诱惑。我本是带着些怒气来的，却在此刻心跳加速。她鼻子一哼，"呸，情信？也不看看你自己？"她还是接了过去，我的脸在烧，好像递过去的真是情信。她看了一下纸条，"哦……原来是你啊！"我挤了半天，支支吾吾挤出，"……是……不是你……拿……的？"她说："我叫人去撬你门的，还没看完。"我喊起来："还给我！"她根本不理我，食指中指缝隙中不知什么时候已经夹着一枚游戏币，正要塞进游戏机的塞币口。我手一挥，打在她手上，那游戏币掉落，一滚，不知消失在哪台游戏机底下。她喊起来："你小子，找打！"她的话音一落，有好几个人顿时从各个角落冒出来，很多双拳头不知道从哪里击打过来——都是她的手下吗？我没有选择，也顾不得了，用尽所有力气，还击着那些挥打过来的拳头。

　　我几乎是以找死的方式在和他们对打。那些人经常打架，也强壮得多，可我以豁出去的方式还击，完全不觉得疼，倒是他们在不断呼喊，不断后退。有人试图抓住我的手脚，可我找死般的力量竟出奇地大，没有人能抓住。敢上前和我对打的，越来越少了。游戏室里至少塞着三四十人，却没有人再盯着游戏机，而都盯着眼前这场打斗，也没人敢过来拦。我伸出双手，抓住一双打在我后背的手掌，奋力一扭，竟然听到"咔嚓"一声，一声巨大的喊叫夹带着哭声，我松开双手，那看不清脸的家伙，蜷缩着手指折断的手掌，往门帘外头奔去。我用尽力气喊道："有种，你们全上来啊！""高大姐"和她手下，没有人再敢上前，他们都颤抖着发白的脸，不相信我一个书呆子怎么敢跟他们玩命。有人悄悄扭头，往外头跑，有一个跑了之后，跟着"高大姐"的那些人，都纷纷跑了，游戏室里的人顿时少了三分之一。"高大姐"缓缓挪到边上，瞪着我看了好久，长舒了一口气，也撩开门帘出去了。他们散了之后，我浑身每一个位置，开始疼痛，类似针刺的、类似重物锤击的、类似割裂的……不一样的痛感，几乎把我撕碎，我后背靠着一台跑马机，浑身瘫软，滑在地上。游戏室的老板，那个一头卷发的中年胖子，走到我面前，右手食指一直指着我，"……你……你……你……"他说不出别的话，只把我扶起来，我每跨一步，都特别沉重，伸手掀布帘的力气都没有了。老板撩开门帘，扶我走出去。老板松开手，退回室内，布帘落下，带起的风让我伤口的疼痛加剧。夕阳染红了小镇的街，像刚刚经历一场大战的荒野。

从对门走过来的老沈，铁青着一张脸，像有千言万语，终究一言不发——他是对我太失望了吗？老沈默默转身，走在前面，我跟在他身后。我们走进他的租书店，他拉过来一张椅子，说："你坐下，你那本子，我去帮你要回来。"我蹲守在租书店里，眼看着小镇的天色渐渐变暗，街巷亮起昏黄的灯，灯光照不到的地方，更加深黑。过了多久呢？可能快两个小时了吧，老沈背着双手踱步而归，他还是毫无表情，瞪着我看了好久，缓缓地说："那本子已经没了，黄惠芬丢了，拿不回来了。你也别再去找他们了，我跟他们谈了，他们以后也不会再找你麻烦。你们就当没发生过这事……"我不知道他刚刚干吗去了，不知道他跟那些人谈了些什么，但如果连他都拿不回来，那就真的拿不回来了——我写下的几万字，已经灰飞烟灭，内心有多少不甘，都得吞下去。

我还没来得及为遗失的小说哀悼，又有让人伤心的事袭击而来。第二天，我脸上青一块、红一块去到教室的时候，班上的同学都盯着我——小镇那么小，他们都听说了我的事了。我还没来得及坐下，教数学的班主任进来教室，拍拍我的肩膀，头往外一甩，他就出去了。我跟在他身后，走到教室外的那棵苦楝树下。班主任说："这本来是你的机会，我很看好你，很想你能多一次改变命运的机会，可你……在这个关键时刻出这种事。到处都在传你打架的事，你本是个好学生……可你……我跟校长争取了好久，放心，不会处理你，但那个选拔考，你不能参加了。可惜……"他有点哽咽，好像破碎的不是我的希望，而是他的。我能说什么呢？苦楝树上的苦楝子都还挂在枝叶上，却又像一颗一颗掉落在我的头上，甚至一颗一颗塞进我的嘴里……真给我考，我未必能……可是，我被取消选拔考的资格了。

几天后，校内选拔考试，公布选出的即将出征省重点高中的三个名额，果然有那副校长的孙子，也有那老师的女儿——传言都是真的。第三个名额，是别班的一个同学，在以往的排名里，他从没排在我前面过，而现在，他考进了前三。所有假设都没有意义，我自己毁掉了那转瞬即逝的好机会。我还没有开始悲伤，程培倒先哭出来了，因为没有在选拔考中考到前三——他也是参加选拔的十名同学之一。整整两天，他一直伏在课桌上，悲伤得扬不起头，我很想安慰他，伸出的手，总拍不到他肩膀上。我唯一能安慰自己的是，就算那三人去那省重点高中参加最后一战，也未必能被录取——后来，他们确实没被录取，仍然需要参加残酷的中考——可有时我还是忍不住想，他们没考上，可要是我去了，会不会有机会呢？这个自我制造的"可能"，让内心刺痛。

老沈跟着那个岭南画派的老先生学画，也跟着收藏一些老物件，这改变了老沈后来的命运。很多若有若无的传闻里，老沈被说成一个极有城府之人，比如说，他当年带着老先生去找海捞瓷，还专门学了潜水，并非是要帮老先生打捞那些瓷器，而是在给自己铺路。他潜入水中，却没有把那些真正的好货捞上来，落入老先生手里的都是成色极差的。等到老先生欣喜若狂拿着残次品离开后，老沈择日重新返回打捞现场，把那些最好的瓷器，收入自己囊中。有人说，老先生后来听到这个传闻，跟老沈彻底决裂了，他没想到视为弟子的老沈，竟然就在他眼皮底下，借着海水的阻隔，让他成了大冤种。甚至有人目睹一般，说老先生临终前交代家人，不能让老沈前往拜祭。除了那篇收在《海南水墨五家》里的访谈，老沈很少在公众面前露脸发声，他越是悄无声息，在那些画家和收藏者的口中，关于他的各种传言就越多。我知道人心之深，也知道相隔多年，我不能再以当年那个蹲守在小镇上的租书店店主的目光来看他，更何况，即使当年，也有着太多我所不了解之处。比如说，他的飞牌绝技怎么学来的？他是怎么做到那些小镇上的烂仔都对他退避三舍的？他的租书店那场后来困扰了小镇上人好多年的大火怎么引燃的？甚至，为什么他当年只读了半截大学，就没法继续，只能返回镇上？……

　　他总是心事重重，在疫情肆虐的眼下，他每天那么谨慎地出入，害怕把病毒带给患病的妻子。2022 年年末，天气一切如常，可我跟很多人一样，陷入慌乱。那时，防疫政策开始转变，除了发烧、头痛、浑身无力等症状外，身边的人还出现了各种奇怪的症状，有人抑制不住一直眨眼，有人烧了一夜之后发现脸歪了，有人则堵都堵不住喷射连环屁，而网上还有学生变阳后特别热爱学习……熟悉不熟悉的老人永别的消息也不断传来。我在中招之后，极为嗜睡，怎么样也醒不过来，那几乎是我好多年里最痛快淋漓的睡眠。从沉睡中惊醒的时候，房子空空荡荡，房子之外也空了，这个世界犹如只剩下了我一个人。那种空无感让我恐惧，我好像感觉到了从很多书上看到的"顿悟时刻"——很多武侠小说上所写的武功修炼到紧要关头，也是这样的吧？在这时，要么更上层楼，要么走入岔道。外头的世界被某种席卷一切的力量所裹挟，我是要因此飞升，还是走火入魔呢?

刷手机变成唯一能做的事。有一天,我有气无力地面对着手机,看到老沈发了一条朋友圈:"今天,送别了妻子。"配的是他自己的一幅画,密林寂寂,一种空荡荡的虚无感。我握着手机的手有点发抖,没法点赞,也没法说出"节哀"——那也是凌厉冰冷的匕首。他小心翼翼两年多,以各种方式隔绝病毒对他妻子的入侵,可终究没能阻挡。我没有给老沈打电话、发短信,任何形式的询问,都只能加深他的悲痛。我在大半个月后,才逐渐缓过来,又过了两周,病毒已经不再被人们提起,那些排着长队等待一根棉签伸进喉咙的日子也遥远而恍惚——人们的忘性真大。春节前的某一日,我接到了老沈的电话,不知道是深冬的寒气,还是手机音质变异,他的声音听起来特别微弱,"什么时候有空,见一下?"

我回了一个字,"好"。

我又来到了他摆满各类藏品的家里,一切没变,可总觉得跟记忆中的画面不太相同,想了好久，才回过神来——此时播放着的，不再是那些不知道从哪个国家收来的陌生专辑，不再是那些貌似"高雅"而却没法在内心激起回响的名曲，而是香港的粤语老歌。播放的也不是黑胶唱机，而是老款录音机。听多了手机上被"净化"过的声音，盒装磁带的歌声自带复古感，加上谭咏麟的声音款款深情，很多记忆汹涌而来。是了，我记得，他当年依靠在那间租书店的玻璃柜台里，嘴巴里哼着的，好像永远是谭咏麟。谭咏麟的歌声，让他这个家庭展览馆变得有些陌生，我还闻到了一股油烟味。他看出来我的疑惑，说："我现在就在这儿住着，吃饭也在这儿。"有收藏癖之人，把藏品视为比生命还珍贵，更要远离火光的，尤其是老沈，他本就居家在楼下那层，现在怎么会把放满藏品的地方用来居住，还在这里生火做饭呢？老沈指指地板，说："我已经有一段时间没有到楼下那层了，不知道变成什么样了。"看出我在期待着他的答案，他说："老婆不在了，每次我下去，总是没法睡。翻来覆去，老是觉得她的身影声音还在，太折磨人了。我只好到这楼上来。我有一段时间没下去了，也不知道里头是不是住满老鼠、蟑螂。"

这个时候，谭咏麟不合时宜地唱道："……如痴如醉，还盼你懂珍惜自己……"老沈指着那录音机，"我老婆熬不过去年底那一阵，送走她之后，我整理她留下的各类东西，也顺便把楼下和这楼上，都翻了一遍，把这录音机和那些磁带翻了出来。最近我也一直在恍惚，我手头收了这么多藏品，其实，哪里守得住？物比人长久，眼前这么多古物，它们被古人摸过，现在传到我手上，也不过是那么几个瞬间在我手掌停留，在很多年后，它们终究会被后来人所抚摸……想想这一点，挺让人虚无。我老婆走得那么突然，让我明白人生有很多偶然，我有时会想，若我哪一天也突然走了，这些东西怎么处理呢？我已经在做出售或捐献的准备。我得换一种活法了，这些年，我画画、收藏，每天跟这些玩意待在一起，现在想想，真不是人过的生活……"我笑了笑，"卖掉？捐出去？你舍得？"老沈看了看那些摆满藏品的架子，不知道在想什么。我知道，不管舍不舍得，只要老沈下定决心，他一定会想办法清空，重新换一种生活。或许，他最后连这两层房子都会卖掉——当年那场焚烧掉他的租书店的大火后，他离开小镇，不就是再也没有回去在原址上重修吗？

老沈说："对了，不聊这个，今天喊你来，不是要说这个的。是有个东西要还给你。"

"还给我？"我从未记得，我有什么东西在他手上。

他转身，从一个货架上取来一个大牛皮纸信封，递到我手上。信封没有封口，看起来也比较新，落款处还有老沈的一幅小画和他家的地址，显然，刚刚装进去不久。我能感觉到里面好像是一本什么东西，迟疑了一会儿，我右手探进信封，手指传来硬皮本的硬度与弹性，我一抽，眼前有些发黑。那硬皮本封面上印有布纹网格，已经特别陈旧，我的手有些抖，还没翻开，我就知道，那是我初中手写武侠小说的本子——那消失的《破城谱》。老沈说："我最近整理老婆的遗物，各种挑挑拣拣，不知道从哪个角落翻出来的。当年我帮你拿回来，这些年辗转在外，和你再没相见；你这两年和我重新交往，我本来想把它找出来，可一直没找到……有些东西就是这样，平常摆在架子上，可你就是看不着，某一天，却又突然地出现……"我摆摆手，"等等，等等，我记得，当年，你帮我去取，告诉我说已经被'高大姐'丢了，没拿回来……"老沈长长叹息，沉吟许久，"你当年一个读书的好料，最后要面临中考了，我帮你拿回来了，怕你又再次沉迷进去，就骗了你，准备等到你中考完毕，再还给你。可是后来，发生了变故……你还记得吧，后来，我那店烧了，我也离开镇上，我本以为这本子已经随着那店烧了，后来才在随身的物件里发现了它。这些年它不知道躲在哪个角落……若非这一次清理旧物，或许它就再也不会出现了。现在，是物归原主的时候了。"他又望着那些展架，说："清理这些藏品，我也不知道还会清理出什么来。"

我拿着硬皮本的手抖个不停，"当时，你从哪拿回来的这个？"老沈笑了，"不就是从黄惠芬的手上吗？！我去找了她，让她取出来，她还不愿意。后来，我给她露了一手，她就乖乖地取出来了。"我说："露了一手？"老沈点点头，"不过，不能告诉你露了啥，反正我有法子制住这小太妹。"我说："后来你的店着火了，是不是他们这些人给半夜点的？"老沈愣了许久，摇摇头，"不是。"我随手翻开硬皮本，纸张泛黄，污迹混杂其间，看到了当年歪歪扭扭的字迹，那是蓝色圆珠笔的字迹，已经在时光的打磨中变淡。

那是没前没后的中间一段：

……到城外去，最危险又最诱人。小马拎着三坛酒，找到春风巷口的小乞丐猴目，一直到三坛酒下肚，猴目还不甘心，不断闪着他的眼，伸出手掌。小马丢过去一块碎银子，猴目才笑嘻嘻地点头，两只手举起来，弹开七根手指。每座城池，都有一些人，平时看不到，可他们清楚每一个角落里发生的每件事——猴目就是其中之一。他既然竖起七根手指，那最近因为出城而暴毙的江湖中人，就不会是六个，也不会是八个。小马问："依你看来，最近那么多人聚集到这城里来，到底什么缘由？"猴目没有哼声，一是小马这话太宽泛，二是没见到好处，他连鼻子哼一声都觉得亏了。小马盯着猴目，"最近来的人，是不是都接到了一封信？"猴目还是没任何反应，但小马还是从他的若无其事里，得到了想要的答案。小马说："信封外头，是不是画有……"猴目脸色一变，低下头。小马也不再问什么。这时候，春风巷外，响起了嘈杂的喊叫，间有惊恐的尖叫。不用往人群聚集的地方去，小马已然知道，暴毙的第八个人出现了……

前头的故事，我已记不太清，后头故事朝什么地方发展，我也不再记得，这故事真的出自我的手笔吗？老沈笑着说："那天翻到这本子，我又把这故事温习了一下，别说，还挺吸引人，你拿回去，接着写，我还挺想知道后面的故事的，你会把它写完吗？"我的脸又有些热，别人当面评价自己的文字，总是让我不好意思。老沈说："当年，黄惠芬那小太妹，为什么要找人偷你这本子？"我摇摇头，"我想了很多年也想不清楚，按理说，她从来不看小说的，怎么会……"老沈说："我当年，帮你问了原因。她也说了。"我没继续问，他既然已经开场，就会把话说完，他说："有人告诉她，说你这小说，写的是她和她那些手下的事，说你这小说以她为原型，所以，她就想看看你怎么歪曲了她。她看了后，还挺失望，里头根本没出现过一个女的。我问她，是谁告诉她的？她说她也不知道，有人给她课桌留了纸条，她也不清楚是谁……"

纸条……我心一抽紧，却又不知这感觉从何而来。老沈站起来，到展架上取来一个木盒，拿到我面前，展开，里头是一个茶杯，我不知其年代、不识其工艺。杯身上勾勒的线条，是青色，杯身之上，草长莺飞，牧童骑在黄牛身上放纸鸢，弥漫一股春日里万物复苏的欢快。

我不懂古物，也觉得这杯子非凡品。我好像看到，当年制瓷之人以手指的点石成金让泥坯成型，窑火的焚烧又如何让泥坯瓷变；我看到瓷器装船后，出港前的千帆竞发；我看到大海中央的风浪翻滚，驾船之人想靠近海南岛，却在离岛不远时被掀翻，沉入水底；我看到海浪日复一日的冲刷中，沉船和装载物被泥沙覆盖；我还看到，老沈身穿潜水服，把这一件瓷器捡起，护目镜后，他的目光变得幽深又呆滞，似被吸走了魂儿；我最后看到，老沈在无数的夜，从自家展架上取出这件瓷器，目光和指尖在瓷身上抚摸不止。在这一刻，我有点理解老沈的收藏癖，他并非迷恋器物本身，而是试图让隐藏在旧物背后的时光再次复活，他迷恋的是消失的记忆。老沈说："这是我的海捞瓷中的一件。这些年，我把这些东西看得太珍贵，却忘了还有更多的事情需要去做。刚刚我也说了，这些东西，要么卖掉，要么捐出去，我送你一件当留念。"我说："那么贵的东西，我可不敢拿。"老沈说："我那展架上，全都是，几百件，这东西，说值钱也值钱，说不值钱，也就是个喝水的杯子，一个念想之物，你就拿着吧……其实，我是有点愧疚，当年我自作主张，把你这本子留在手上，一留就是二十多年，像是剪掉了你一段人生，真是太不好意思。你就当我赔礼道歉就是，拿着！"在那一刻，我眼前的，不再是丧妻的憔悴中年，而是当年小镇上的那个守着租书店的青年——他说出的话，总要兑现。我还是不愿接下那个盒子，他指着房间里的展架："你看看，那么多，全都是……全都是我自己捞上来的。我专门去学了潜水……好几年没潜了，这些年啊，都过得人不像人了。"我知道没法拒绝了，只好把盒子接下，盖子盖住，也把我的硬皮本压在盒子顶上，放在了茶几上。老沈苦笑："我花了那么多心思，收了这么多玩意，总是想抓住点什么，哪抓得住啊，到最后，都是空的……有时想想，当年小镇上的一把火，把什么都烧得干干净净，挺好！"

　　中考结束，夏天更热了。失去参加那所省

重点高中选拔的机会，我没多少时间哀伤，立马投入中考的准备之中。随着中考临近，爸妈有时也会从村里上来，带来半只鸡、两条鱼什么的，让我考前吃些好的。他们本都是木讷的人，对着我，也说不出什么鼓励的话，我反而焦躁起来，干脆说："爸，妈，我在备考，你们最近就不要老是到镇上来了，我得复习了。"他们油黑的脸，淹没在灯光的背后，不管有多少爱、不管内心汹涌多大的浪，他们总是木讷着，说不出几句话。母亲从贴身的口袋里，掏出一把被她的体温焐热的零钱，一张一张整整齐齐叠好，塞我口袋里："拿着，要考试了，需要什么自己买，不要那么节俭……"两人又趁着夜色，回村里去了。

真正的考试到来了，说是紧张，却也那样，很快就过去了，答题并不完美，但也基本上发挥出自己的水平，复盘试卷的时候，不狂喜也不沮丧。考完之后，我做的第一件事，就是没日没夜睡了两天，等我从饱足的睡眠中醒来时，是午后，外头热得地面都要沸腾。整个世界都空了，往日喧闹的街上，在那一刻没有任何声响，我觉得自己被整个世界抛弃了。我浑身汗湿漉漉推开门，暴烈的太阳下，街上一个人都没有。我走完一条街，拐到靠近镇上菜市场的时候，才开始看到有人走动，但也像要在暴晒中蒸发掉一般。我来到老沈的租书店，他还是倚在门口处的玻璃柜上，姿势永远不变，他随口问："考完了？"

"考完了。"

"怎么样？"

"就那样。"

"没问题了！"

他不再说话，而我，钻到他的后屋，在几个书架的破旧武侠小说面前坐下，随手抽出一本，翻开，打打杀杀开始了——世界恢复正常了，后屋这里成了我一个人的天地。考完的同学撕掉、烧掉了他们的书本，相约到别处狂欢去了——我是最孤独的人。街上更加安静了，不知不觉，天色变暗，老沈也不到书堆里催我。下午的凉风，穿过门窗的缝隙吹到书架边的时候，街上猛然传来一阵嘈杂声，还带着撕心裂肺的哭声。一瞬间，便有很多人从各个家门里钻出来，朝那声音的生发处聚拢而去。我没有出去，过了几分钟后，老沈出去了。他在大概二十分钟后回来了，我从未见过他的脸色那么难看，极其哀伤，眼角竟然还有些泛红。他径直走到后屋来，说："你知道刚刚发生什么了？"我摇摇头。他说："有几个小年轻，争那黄惠芬，打起来了，有人受了重伤，浑身血，动了刀子。叫救护车往县医院送，顶不住，半路上咽气了……"

——咽气了……莫非，今天午后感觉到的那种空前的寂静，就是死亡不断逼近的感觉？

我和老沈都愣着。天色愈加黑了，我们都没想起去拉店内的灯。我们两人的脸，都隐入黑暗中，他幽幽地说："走吧，我们吃饭去。"我们来到三角楼下那间饭店，他随便点了些肉和菜，有白切猪头肉、卤猪脚、炒水芹等，他还叫了几瓶啤酒——那是我第一次喝啤酒，当那又苦又酸又说不出是什么味的酒水顺着喉咙灌下，我的少年时代离我而去。这一日之内，我觉得周遭变得无比陌生，任何事都不太对，却又说不上那是什么——当时，我还不明白，那就是成长，成长不是一点一点让你接受，而是忽然袭来，逼迫你咽也要咽下去。

我们两个人几乎不怎么说话，只默默地倒酒、撩肉，也不碰杯，各喝各的。起初，那酒很难下咽，几杯之后，封闭的喉咙被打开了一般，我想起武侠小说里的那些江湖客，他们每个人都在一杯杯酒的浇灌里醉生梦死。小镇的街上亮起了灯，卖冷饮、炒冰的人开始了张罗，很快地，店外面就坐满了人，人们借着一杯茶或一碗清补凉，闲聊着各种酸甜苦辣——今天少年斗殴的事，肯定会被聊到最多。我两边脸颊都湿了，嘴巴里的酒更酸了。老沈也还是不说话，他朝饭店老板挥舞一下手掌，老板又从冰箱里拿来五瓶冰啤酒。一直到最后，我们都一言不发，只是饮酒。因为第一回饮酒，我很快就觉得身体、理智不属于自己了……饭店对面那家店的电视已经开始播放录像，不是武侠片，竟然放了一部言情片，周润发和钟楚红在谈可望而不可即的恋爱。我们好想一脚跨进电视机，踏入那一栋栋高楼森林，踏入另一个世界里的新生活。

我不知道是怎么回去的。

闷热一直没散去，迷糊糊地冲凉之后，我拿着竹席、被子到楼顶上去，准备在楼顶上睡。那年代，空调是稀罕物，整个小镇也没哪家人在用。白日里被暴晒的屋子，到了夜里，热气升腾，更像蒸馒头一般，血气方刚的少年，不躺在楼顶上，简直没法度过一个个漫长夏夜。起初，楼顶的热气还未散尽，到了午夜，才逐渐凉快下来。我看着夜空浩渺，不知身在何处；有时又站在楼顶的边缘，细数小镇上微弱如萤的光点。正当我要在迷迷糊糊中睡过去的时候，猛地看到西南边有火光亮起。小镇上的房子都不高，有二层三层的，但更多的都是一层的平顶房，在黑暗里，很难判断着火的地方有多远；有时觉得可能几百米，有时觉得只有几十米，甚至觉得热气燎掉了我脸上细细的绒毛。我顿时从酒意中醒来，嘈杂声从各个屋顶响起，有人发出尖利的口哨，伴随着欢呼声——镇上的生活犹如死水，太多人渴盼着意外，渴盼着突如其来。在酒意的催发之下，我也兴奋起来，站着看了有大半个小时，随着火光变小，我才躺下。

第二天，我才知道，昨晚着火的，就是老沈的租书店。在人们的交头接耳中，我跑到店外，看到只剩一片废墟，烧焦的气味，到了第二天仍然汹涌。我手上还拿着他一本书的中册，永远都没法还回去了，那中册永远成为孤零零的存在，没法和上册、下册团圆了——那些书，也都在大火中烧完了吧……被消防车上的高压水枪冲出来的狼藉里，还有一些书的残迹。我扇了自己两巴掌，觉得自己太无耻了——昨晚看到火光时，我竟然会有些许兴奋。关于那场火，后来有各种传言，有说是店里电线老化导致失火；有说一根烟头是一切的根源；也有人说老沈多次惹了那些帮派的小子，那天少年们斗殴致死，有人迁怒于他，趁着后半夜，前来点火泄愤……起火的原因，镇上派出所也来查过，但也就是象征性的，他们猜了几个理由，和人们嚼舌头的说法没什么区别。时间连绵延续，不会有清晰的界限，可这场火的点燃与熄灭，就是我少年终结的闭幕式。我的中考发挥还算可以，可还是以两分之差，和省重点高中失之交臂，最后上了县中学的尖子班，之后高考、上大学、毕业、工作……我并不比别人更好，也不比别人更差，我逐渐接受自己成为一个庸常之人。

我并非有意遗忘，但若非程培来找我，很多少年之事确实已经不再被我想起。程培起初迫切地要让老沈坐到摄像机面前谈一谈，他把这个"重要"的任务给了我，可最后他反而从人间消失了一般，没有再提起这事。有一次，我忍不住给程培打了个电话，"你之前说要访问老沈，那事……"

"什么？"程培的声音满是疑惑。

我的话就接不下去了。过了好一会儿，程

培"啊"了一声，说："那事啊，缓缓再说吧。现在，那视频号也不更新，会长原来的想法也变了……啊，麻烦你了，老沈答应了吗？……"看不到对方的脸，可我还是能感觉到自己的尴尬。老沈经历了最为痛苦的时刻后，充满了倾诉的欲望，到了最适合采访的时候，可……现在倒变成我拿热脸去贴人家的冷屁股了。好一会儿后，程培说："不好意思，商会会长前些时候阳了，很重，一直缓不过来。身体恢复了一些，可元气大伤，人瘦得不像样。他转阴后，心性大变，对什么事情都觉得没劲，原来想的很多事，都不做了。对了，我跟你讲过的吧，他在国外买了一座岛，本来只是钱多，买下来放在那儿，还没想好怎么用，最近，他想去隐居，当岛主去了……"挂掉电话后，我的脑海里浮现出那会长躺在一座私人小岛上晒着太阳的情形，犹如传说一般的事，真的在身边发生了？程培提到的这个商会会长，年纪跟我差不多，他的发家史，被传得玄乎其玄，也不外乎在房地产最疯狂的那些年，他下了最大的赌注——他赌赢了。他成了本县出来，在省城最为怪异的一个人，他一方面在商业上极为成功，一方面又很爱跟文化界人士交往，还时时说："我浅薄了，万般皆下品，唯有读书高……"阳之前，他对老沈充满兴趣，阳了后他万事倦怠，到底是遭遇了什么？老沈也一样，他要把藏品都清出去，是不是也要找个地方隐居起来，当一个无人能寻的隐士？

隐士……那本《破城谱》中，最后会有隐士吗？阅读少年时的文字，头皮发麻，可我还是忍不住把歪歪扭扭的两万多字重新读了一遍。我明知底色之幼稚，可还是有一些情绪，让眼下的我触动。在那两万多字里，人物不断汇集到城中，不断有试图出城之人被杀，谜案越滚越大，主人公小马抽丝剥茧，却在每一次试图接近真相时，选择退缩。因为好像所有的谜底，都指向他深信之人，他不愿那便是最终的真相，总觉得再看看，还会有一个终极之敌出现。当然，这个故事最终会朝着哪个方向而去，我不知道——我早已遗忘了二十多年前的

构思。或者说，二十多年前，我也根本没想清
楚整个故事，这本就是一份记忆的残卷、一件
残破的海捞瓷。我也不免幻想，以眼下经历世
事的我，要把这个故事完成，那得怎么写？至
少，原先最大的设定会发生变化，那就是：所
有人汇聚到城中，源自一个大阴谋。我会在续
写中改变这个设定，起初确实是有人设了局，
但仅仅是一个别有用心的谣言，后来所有的杀
机、所有的死亡，并非有一个能力超群之人在
幕后操纵，而是一个个有私心之人的小算盘造
成的连环恶果，也就是说，不同的人，故意把
自己的杀戮，隐藏在那个似有似无的谣言之下，
不同人私心的合力，让谣言成真。也就是说，
没有人要阻止所有江湖中人出城，是每一个人
的私欲，阻止了自己出城，也导致一场场死亡
陆续降临。主人公小马慢慢揭开这一切，他发
现熟识的某个人，曾是杀死另一个人的凶手，
而杀人者又死于另一个人的背后出刀……这血
腥的循环没法终止，最终落到了小马身上。他
将要面对的，是一个杀死他至爱的恶魔。但只

要他出手，这场游戏便没法停止，便没人能破城。极致的痛苦中，他试图终结这一切。要讲完这么一段故事，绝非三言两语，我没有勇气开启一场至少二十万字的漫长旅程，仅仅是在心中把故事大体过一遍，便觉疲惫不堪，没法接着二十多年前故事暂停之处往下写。我却压不住涌动的心潮，直赴终点，写下了故事的最后一段：

　　此时，百余位江湖中人，皆站在迎风楼前，听小马梳理了前因后果。并没有一个神秘帮派或朝廷的公公幕后策划，谣言犹如一块石子丢入水中，涟漪圈圈，是不同人各自的仇恨，是一个一个独立的仇杀，组成了这场大杀局。这些江湖客对小马有了愤恨，他们的希望落空，他们起初认为的大敌并不存在，这让这场困城显得如此可笑荒谬。可他们又幸灾乐祸，因为现在站在小马面前的，是他的多年好友长衫客，小马要怎么终结这一切？四天前，长衫客出手，小马深爱之人惨死。现在，所有人都很想知道，长衫客和小马到底谁的剑更快。长衫客成名多年，正值巅峰，而近三个月来城里发生的事，也让这些江湖中人知道，小马不但武功卓绝，也心智超群——这两个人的对决，将会惊天动地。不管谁胜谁败，这场困城之局仍将继续——即使小马已经揭开了这一切。长衫客胜，把小马视若亲儿子的迎风楼掌柜蓝玉必将约战长衫客；小马胜，长衫客的七星门将会倾巢而出，也是一场混战。

小马微微一笑，"谁先来？"

长衫客道："我欠你的，你先。"

小马道："不客气了。"

场外所有人都屏住呼吸，他们将会见证一场顶尖对决。小马满脸笑意，神情轻松，把在场所有人都吓了一跳，他的笑意背后，必是足够的自信与实力。长剑不是握着，而是被小马拇指和食指捏着，剑尖下垂。长衫客纹丝不动，不敢有丝毫松懈。场外的人，好像被某种气息所逼迫，不自觉后退两步。小马的手动了，他并没有向前，而是反手一挥，剑光滑向自己的脖颈儿。剑锋刎颈之前，小马淡淡道："不打了，破城吧！"长衫客大吃一惊，纵身一跃，想夺去小马手中剑，可他身法再快，也快不过花开——盛开的血花，迷住他的眼，在他的长衫上灿烂。场外的江湖客也开始惊叫，他们设想了一万种场上的变化，却没人想到小马会挥剑向自己，让那一场又一场纠缠难解的仇杀，瞬间化解。一声悲戚的呐喊从迎风楼上响起，是掌柜蓝玉的声音，他撕心裂肺，口音破损，场上很多人都没听清楚。好多人为蓝掌柜的那句话打赌，争得头破血流，他们不敢去问悲愤的蓝掌柜，只好到无所不通的猴目那里。花了重金，众人还得忍受猴目破烂衣衫上的恶臭。猴目冷冷地从嘴角挤出三个字："破城了。"

结尾一写完，我忍不住从微信中把文字发给了老沈。好一会儿之后，老沈回了几个字，"原来，是这样的。"隔着屏幕，我看不出老沈的态度如何，但我觉得，我总算对那本在他手上存了二十多年的硬皮本，有了一个交代。又过了一会儿，老沈发来几个字，"你什么时候有空，来我这坐坐。随时都可以。"是的，丧妻后，不知道是顿悟、绝望还是孤独，老沈对一切都不再在乎。老沈本来准备花三四个月去处理他的藏品，可当他分门别类罗列那些藏品的时候，望着那密密麻麻的本子，他有些头大。他把本子甩给我，"你看看，我给自己修建了一个什么样的牢笼？"这并非他的矫情，收藏本是他赖以生存的手段，是他的爱好，可当妻子去世，当痴迷的藏品变得索然无味，那一个个暗藏着无数光阴的藏品也就变成了镣铐，变成了一颗颗撒在跑道上的图钉，让他寸步难行。他花了很多时间，把家里的摆设完全变了个模样，一是清理出那些需要处理的藏品；二是要让家里为之一变，以免见到妻子留下的痕迹，伤怀难抑。一个多月后，他的家完全改变了模样。

　　他神神秘秘地邀请我再来，说让我看看他刚刚整理起来的几个展架。而那哪里是什么展架？那不过是几个陈旧书架，并非什么好木头，海南岛上常见的菠萝格；架上摆着的，是一些陈旧不堪的书，等等……这些旧书，是一些在市面上已极其少见的武侠小说。我上前翻看，果然是，不但年头够久，也难以辨别是不是正版——那个年代的印刷品，即使是正版，排版、用纸、印刷也极不讲究。这些书已经太久没收拾，纸张吸收了空气中的水分，软得很奇怪，再加上灰尘落满，每拿起一本，都能摸到满掌灰，像在和旧时光握手。书架的摆设当然跟当年老沈的租书店不一样，书也并非完全一样，但当这些摆到一起，就碰撞出时光的缝隙，瞬间把人拉了回去。金庸、古龙、梁羽生、柳残阳、卧龙生、萧鼎……还有金庸巨、古龙新、金康、古尤……掌上的灰，重建着旧日。

老沈说："你看看，有没有当年租书店的感觉？我也是最近整理藏品，才把这些东西给翻了出来。当年租书店烧掉后，时常想起那些书，有些心疼。后来互联网起来了，买东西方便，我陆陆续续把能想起来的旧书，都拍回来了……起初随手塞在纸箱里，最近翻到，就找了几个老旧书架，摆了起来。"我望了望他屋子里仍旧海量的藏品，"你真能把这些都处理掉？"他也望了望，"尽量……我到了需要做减法的年龄。"安静了好一会儿，他说："我真是一个念旧的人，性格里就适合收藏旧物，很多没用的东西，也带身边很多很多年。记得的事太多，人就忘了怎么活。疫情三年，直到我妻子过世，我才猛然惊醒一般，我是不是耽误了很多时光？"他如此孤独，那么多的藏品，像是他恨不得早点丢弃的旧玩具。我鬼使神差地问："你们怎么也没要个小孩？"老沈愣了一下，苦笑，"倒也想要。老怀不上，后来也就不再想这事了。起初，我老婆很内疚，觉得是她的问题，看了不少医生，熬了不少药，调养，没怀上。我看她都要抑郁了，告诉她不要折腾了，是我的问题。其实，我身体是没问题的，却真的看开了，有时想想，真有个顽劣小儿，在这满是藏品的屋里奔跑攀爬，估计我得患心脏病……"我苦笑，"你能看开，也厉害了！我们海南人，逢年过节都要回宗祠、拜祖宗，没生个男娃，简直没脸见人，被族人喷死……"老沈也苦笑，"我爸走后，我跟老家也几乎断了根，好些年没回了！也好，不用面对族人的七嘴八舌。当然，我也没那么超脱，但面对我老婆，有些事，我做不来……"

沉默一会儿后，他又说："我和你再次碰面后，疫情已经开始，你好像从没见过她？"我点点头，"没见过。"老沈说："我有时挺雷厉风行，有时也挺随波逐流。当年，我跟画家老先生出海打捞瓷器，老是租船，我老婆就是一个船老大的女儿。本来，按风俗，女子不让上船的，她却整天在船上，幸好老先生也不忌讳。我后来自己去潜水，去捞瓷器，也租她家的船，她父亲没空时，她跟我一块驾船出海。一来二往的，后来她就成了我老婆。一下海，万事莫测，有一回，若非她反应迅速，我就死在海里了。有朋友劝我再找一个，我并非没想过，可一想起她从水下把我捞上来过，这事我做不来……"

我看他神情越来越悲伤，赶紧望着他那些已经清理但远远未完成的藏品，转移话题，"你怎么收了那么多东西？"

老沈苦笑，"我都搞不清……回想这么些

年，我就一直出藏品、买藏品，啥事没做，人被物给奴役了。"

我说："有件事，不知道该不该问？"

老沈说："程培跟你提起过的？"

我没说，默认。

老沈说："是不是说当年我老师带我入门，而我却骗了我老师，把藏品收入自己囊中的事？"

他怎么知道要问这个？不过，也不奇怪，类似的话，估计很多人跟他问过。

老沈说："跟别人，我从不解释，并非心虚，而是怎么说也无效。既然你提起，我也就回答一下，从来没有过这种事。当年老师带我入门，我那时不熟潜水，也就是跟着别人潜一潜、学一学，根本不敢动海底的东西。你也知道，一旦有人盯上你，各种传言就来了，有人就是想让老师跟我决裂，才编造了很多话。那老师后来的疏远，我能感觉到。一旦间隙产生，怎么解释都是无效的。那些人还说，老师过世前都不见我，这是鬼话——老师在去世前两年，跟我有了联系，只是那时他已经腿脚不便，不再出门；后来，老师的遗像，就是他临终前嘱咐我画的。但闲话是永远没法跟别人解释的。事实上，就是那些人的编造，才让我赌气一般，后来把潜水技术学得很好，所有的海捞瓷，都是我自己去打捞上来的。那些人越是编造，我越是要让他们吃瘪。被海水所包裹，你不得不想，这艘船当年经历过什么事，才最终沉没于此；它是不是当年郑和船队的一艘；它是不是曾随着浩浩荡荡的队伍一同出发，却最终落单，在风浪中挣扎许久，可最终只能被海水所覆盖；经历过生死挣扎，自然是无比痛苦的，船上之人，只能接受这宿命。船沉之时，船上的一切都溺亡了，可拉长来看，那些没遇到意外的船上的人和物都已经从这世界上消失，反而是这沉没的船，还如此完整地保存着——你会感觉，是'意外'和'海水'哄骗了时间，保护了这些古物。你可以从某件瓷器上，听到郑和或者更早的古人存储其中的声音。你不知道，潜水捞这些古物，有时真的特别孤独。有很多次，在海泥覆盖的旧物边上，我想到时间流逝、万物虚无，不知道自己在做什么，就在水下抱膝发呆，待氧气耗尽，才不得不浮出水面。有一次，消耗时间过长，真的缺氧了，想上浮已来不及，脑子昏迷，手脚麻木，我就要在海底断气了——是当时还没成为我老婆的她背着氧气瓶下来，把呼吸器塞我嘴里，我才回过神来。我们不断交错着呼吸她背后的那小瓶氧气，慢慢浮出水面。她后来在船上骂我想害她，若我死在水中，她百口莫辩，一辈子也得毁了，幸好她算准我氧气消耗的时间，下水捞我。我没法跟她讲我独坐海底的场景，只能说，看到一些好瓷器，忍不住，忘了时间。她说，你也是我的瓷器，不能埋海里了……"

　　我没潜过水，没法理解整片碧海压在身上的恐怖、孤独和致命诱惑，只能想象老沈遇险时的惊心动魄。老沈说："好几次我有冲动，很想摘掉氧气瓶的呼吸器，把自己留在海底。真的，心再狠一点，这事也就成了，可终究一想她还在船上等我，实在不忍，也就把呼吸器咬上，浮上去了。"回忆里的海水好像让眼下的他有些缺氧，他不再说话，也不再看我。为了缓解这突然到来的静默与尴尬，我把注意力放到他的房间里。重新整理过的展架稀稀拉拉，显然还没想好如何收拾和摆放。朝东北角的一个房间，在以往是关着的，而此时，门打开了，灯光射出，眼光一扫，可以看到里头摆着大桌子，桌子上堆满了笔墨纸砚——那是他的画室吧。

我走进去。

各种颜色冲击而来，有不少装裱好了，却只是随意摆在某个角落。这是老沈的画吗？我并没留意落款，只从那画面流露出来的风格，也能看出这些画出自同一人手笔。挂在书桌正前方的一幅大画，占据着最显眼的位置。我没有办法不被这幅画所吸引——那是一头巨鲸。虽然只是以水墨绘就，但那头鲸气势逼人，由于画幅过大，猛一看，会以为那就是挂着的一头巨鲸标本。那是真正的一鲸落万物生的气吞万里——更何况，这鲸尚没有"落"的打算，它尚在浮游。画面里的那头鲸，犹如一团乌云笼罩头顶，每一个观看此画的人，都像站在海底仰头——这是让观画者后颈一紧的一幅画。你甚至会感觉，绘画者这么摆放这头鲸，是想掌控观画者的姿势，让他们集体仰望吧！这是他那幅代表作吗？可为什么，这画仅以一张宣纸的方式出现……没装裱，没落款，并不完整。

老沈不知何时也进入画室来，静静站在一边。

我说："《乌云之光》？"

他点头，又摇头。

"不是最初那幅，这是我最近重新画的。"

我更疑惑了。

"最初的那幅，没了。"他沉默一阵，"说了你也不会相信……那幅原作，我烧了。"我浑身一震，据我所知，艺术家对自己的代表作都极为珍爱，即使高价卖出都会心神交战不舍得，更何况亲手烧掉。他淡淡道："理由其实很简单，我妻子好像比较喜欢那幅画——严格来说，她一个渔家女，没读几年书，不懂画的，也从不理我画的啥，之所以说她好像喜欢这幅画，是因为她有一次问我：'你潜水捞瓷，往水面上看的时候，我在船上，那艘船是不是就像这大鲸鱼一样？'或许，这只是我自己多想了，但她能这么看这幅画，把这画烧去陪她，挺合适的。说实话，我对这画也有些偏爱，就想着再画出来，可……感觉全不对。外人看来，或许没啥区别，我自己知道，没一笔感觉是对的。这是赝品，一文不值。"

老沈站在我身后，自带秘密，我觉得他变得越来越遥远，脸色远山淡影无比陌生，我内心的好奇也顿时涌上。他当年在镇上开租书店，风平浪静，可镇上人七嘴八舌，到处都是他的传闻。有说他读了大学，却没毕业，不知道在学校闹了啥事，书没让读完，灰溜溜回到了家里，他父亲怒火冲天，本要拿刀劈了他，可听他说了几句什么话，也就认了这事，好酒的父亲即使喝多了，也从不跟人提起老沈大学时候的事。也有人说，当年镇上的很多文艺青年甚至中学里的美术老师、英语老师、体育老师们，常常私下去找老沈，不仅在他那里讨论武侠小说、流行歌曲什么的，更是从他那里打听外面的世界，那些年轻人心比天高，却从不喧闹，总是悄悄讨论，有些词很大——世界、市场、娱乐至死、全球化……那不是小镇上的年轻人应该提及的问题。更有传言，镇中学里那个花边无数的女音乐老师，也跟老沈有些不清不楚的关系……但不管传言什么样，几乎没人对他回到镇上之前的那段时光有确证的了解——那是被粗暴剪掉的一段。转念一想，岂止他回到小镇上的那一段，他离开小镇后的经历，又何尝不是如此？我所知的那些浮光掠影，哪能拼凑出他的生命轨迹？

此前，程培带着那个老板的任务来找我，说想让老沈谈谈过往，其实，我又何尝不对老沈充满好奇，很想细心留意，可……他到底……经历过什么？我忍不住了，说："有些事，我想问问你……"他望着那幅重绘版《乌云之光》，神色悲伤，"关于我的？"我点点头。他说："你也跟程培一样爱八卦？别问了……"是的……

问什么呢？如果过去太悲惨，提起会被二次伤害；如果过去很美好，也会刺痛眼下的不堪……当老沈潜在水中，是不是也想跟那些被泥沙、海水掩盖的瓷器一样，只愿四周无人，海水寂静？老沈说："程培让你找我，我一直没答应，因为我觉得自己成了时代的逃兵，很多时候，我只能躲起来，逃避记忆的追杀。当然，程培比较令人讨厌，也是一个原因！我实在讨厌他……"

"讨厌？"

老沈说："你也能感觉到，我对程培总是有些冷淡吧？他闪闪躲躲，还得绕一圈，让你来找我。我不想在背后说别人，但对于老朋友，我还是想提醒你，你最好少跟他接触。"

"我跟他没什么交往。"

"有些旧事，不知道你有没有想过？"

"什么？"

"初中的时候，你在硬皮本上写武侠小说，没几个人知道。有人写纸条告诉黄惠芬，说你在小说里各种编排嘲笑她，她才叫人去把你的本子给拿走的——我们先不管你小说里有没有写到这些事——那，是谁把你写小说的事告诉黄惠芬的呢？还有，你还记得吧，你说过，你的本子丢失后，有人在你课桌里留纸条，说黄惠芬找人拿走了你的本子，那个人又是谁？"老沈的话犹如闪电，一瞬亮起，照到了某些东西，我来不及看、来不及想，闪电又消失了。可是，很显然，我嗅到了闪电劈中某件事物的烧焦味道。我的心跳瞬间加速，这些年里，我并非没有想过这个问题，很多时候，我觉得自己快要摸到那个答案了，便立即停步不前。老沈在这一刻，摁了开关，我不得不直面他撕开的光，当然，我还有疑惑，我不得不问："可是……为什么？总得有个理由。"

老沈苦笑，"你还是老实，把别人想得太好。你忘了，你们学校有三人可以去参加省重点中学的选拔考试。有两人基本内定，剩一个名额供八个人来争，你本来是最有竞争力的那个。有人担心考不过你，没招了，想击垮你，毁了你……一句话说，考场上考不过，就在考场外折腾一下，让你被学校取消考试资格，或者只是扰乱你的心神，他也就赢得了一个机会。当然，那人考得不行，后来也没争上。"当年程培因为没能把握住机会，在教室里哭了——那时我觉得他是为考试失败而哭，现在想想，他的哭声里，是不是也夹杂一些内疚和负罪呢？

我说："这只是你的猜想。"

"当年你跟黄惠芬他们打架后，我去帮你取回那个本子的时候，绕了一圈，问过这事。我犹豫好久，也知道这是一面之词，打算把这事葬在肚子里。我担心你若是真听到这事，情绪崩溃，再闹一番，你中考废了，你一辈子就毁了。你以为程培为什么不敢直接找我，还得绕一大圈，让你来找我？我猜他知道我当年打听过这些事，怕自己来找我，我跟他提起，跟他求证，他不得冷汗直流？"老沈走到他的书架旁，随手抽出一本陈旧的武侠小说，手指一扫，从书页上迅速滑过，"有时回想，过去的时光挺美好的，不过，也仅仅是距离的误会而已，当真的对视，真的拉近距离，很多事，我们是不忍心看的。"

"当年那场火之后，你就消失了。我后来外出读高中、读大学，每次假期返回镇上，都会找人问你的消息，而你人间蒸发了。当时，你去哪儿了？"

"要说我当时先去了香港，你相信吗？香港回归之后，我第一件事，就是要去那个在录像带上看过的香港看看。不去不行，那里装满我对全世界的想象。老实话，我去了几天，挺失望，我觉得自己被电影给骗了。香港的现代片，美化了香港，真正踩在那土地上，我有点梦碎。我后来回省城海口，一直待到今天。为什么即使我后来手头无比宽裕之后，仍旧不再回镇上，把当年烧掉的房子再建起来？我是担心，一旦建好了，对世界失望的我，又再次缩回镇上，继续当一个井底之蛙。"

我脑子宕机好久，不知要说啥，随口挤出一句，"那你最后清楚是谁烧掉你的租书店不？"

几乎是五分钟之后，他才缓缓道："没人要烧我的租书店。"

我后脊梁一阵寒意滑过，我知道，他估计又要丢出一个惊雷。

老沈从书架边离开，走到一个长桌前，从一个盒子里取出一根沉香末压成的线香，插在底座上，用打火机点燃，香气缭绕开来。他说："那天，我和你喝完酒，你回去后，我一个人在租书店里待了好久。我一根接一根地抽烟，烟头随手丢到书堆里，我是眼睁睁看着火慢慢变大的。并没有人报复我，只有我自己知道，这是我自己下的手。我并非主动点的火，烟头把一本书引燃之后，我酒劲上头，才眼睁睁看着火势烧大的。那时，我母亲已过世多年，这镇上的房子，是我父亲用多年积蓄买下来的，留给我的大礼——可你不懂，这礼物越是重，也越是生命的牵绊。你初三上学期的时候，我父亲骑摩托车，在上一个山坡时摔倒，荒郊野岭没人注意，暴晒了好久，后来被人发现，送到医院，撑了大半个月就过世了。我成了孤零零一个人，每次回到村里的老房子，空荡荡，我一个人都不敢住。我又哪里都去不了，有好几回，我跟家族里的老人提起想出去闯闯，都被他们一巴掌拍死，'你爸不在了，你不能瞎折腾……'父亲留下的那间租书店，是我最沉重的镣铐，只要它在，我就永远被锁在镇上。在此前，我幻想过很多次很多次离开小镇，到更大的地方去，否则我一辈子都完了。我试过很多次，却总是在快离开的时候，放弃了。那晚，在烟头引燃书页的时候，酒劲塞满了我的心，我那时豪情万丈，失去了理智——你记得电影《新龙门客栈》的结尾吗？得一把火把客栈烧掉，才能解开所有人的心结与过去。我眼睁睁看着火势烧大，我在破釜沉舟、自断后路，我要毫无顾忌地往前走，就得把捆绑着我的租书店烧毁于那根烟头。我知道，只要有一点犹豫，我会立即后悔，会立即伸脚踩灭那团火。我转身跑出租书店，在那条街的尽头，眼看着火光爬上屋顶。镇上的人到处喊我，我都听到了；他们拎水桶、接水管救火，其实，我就在一旁看着。后来，消防车来了，火熄灭了，我才走到店铺前，那里几乎成了废墟。好多人安慰我。我哭了，只有我自己知道，我那哭声有多复杂。一切都没了，我不往外走也不行了。我是置之死地而后生。后来，镇上派出所的民警来问我有没有跟谁有什么矛盾。而我只能假装回忆好久，说没有跟别人有矛盾，估计是电线破皮之类导致的意外。他们见我都不以为意，也乐得清闲，不再追查。那么多年以来，从没人知道，这场火源自我自己的烟头，源自我被烟头点燃的无边冲动。从我自己来讲，我感谢这场火，它不烧，我跟镇上的那个杀猪佬一样，还仍旧得在镇上待到今日。现在没人租书看了，我会在镇上干啥呢？"

不知过了多久，老沈开始笑。笑声在他这间有些空荡的房间里回响，听起来好像跟他没什么关系，而我却忽然想到，我很少听到他的笑声——甚至，我很少看到他有情绪波动。笑了一会儿，他说："过了三年的非正常日子后，我老婆在最后关头没熬过去，现在整个世界又只剩下我一个人。我知道，得开始新生活了，这些藏品跟那间租书店一样，又成为我的镣铐。我得解开，我得清理掉它们，跟一把火烧掉租书店一样。"我很想问他今后的打算，可这些话哪能问得出口，他并没回头，却清楚我的疑惑，提前回答了，"我不知道。"他伸手去扇一扇那沉香散发出来的气味，迷醉其中，我注视着他张开的右掌，总感觉他的食指、中指一曲一弹，便会射出一张纸牌或一把飞刀。灯光下，沈郁澜的剪影深黑如墨，好像只要我眼神稍稍恍惚，他就将翻身上马，走入茫茫秋野，消隐于他某幅画上的一片荒凉密林。

心海图

一

　　高空轰鸣与气流震荡并没有让方延额头滴汗手心冒水，他已经六十八岁，超长航线又极为耗人，但归国的念头是一个超级发动机，给他提供不竭的动力。去国数十年，他以为自己再没有归来的机会了，他以为故土所有的景物都已是幻想中的虚无。可此刻，飞机正在向着他念念不忘的故土而去。当飞机进入中国境内，早被忘却的熟悉感，在体内复活——身体的记忆精准、猛烈、力大无穷，远远超过精神的铭刻。归来的飞机降落在广州白云国际机场，在一九八六年，这里有中国为数不多的国际航线。离开中国已经四十三年，从机舱内往外看，他涌起的倒并非浓烈乡愁，而是深深的疑惑：山水、流云与空气也自带口音？这些年，在英国、在美国，在某座已经忘却名字的港口城市，他也曾看到山水连绵，可怎么看，都不是中国的山和水。他仔细辨别，又没发现到底不同在哪儿。一样的高坡隆起、一样的枝叶遮蔽、一样的花草弥漫，组合出来，却不是带着方块字的山；一样的河道蜿蜒、一样的落霞铺满、一样的水珠飞溅，也只能连缀成字母词汇的水。云也是，异国的云，从不会暗示着某场午后的雨或暮晚炊烟；空气也如此，闭上眼睛，只靠鼻腔、只靠鼻腔里的味道，便能清晰地分辨出身处何处——方延觉得，这并非他独有的绝技，而是所有去国离乡者皆备的身体本能。中国改革开放后，广州去往海口的班机增加，否则他还得通过汽车，慢慢摇晃，再转轮船才能回到海南岛。运气还不错，竟然今天就有直飞海口的航班，竟然还赶得及买票登机——他不得不把这理解为冥冥中注定的幸运。他其实早做好在广州逗留几天的准备，作为一个在外漂泊数十年的人，看到的有关中国的为数不多的新闻，其中很大部分都是关于广州的——这里，毕竟是改革开放的前沿。

一九四九年以后，中美长期未建交，他的回乡梦越来越稀薄遥远。忽有一日，美国的报纸上铺天盖地都是尼克松访华的报道，残梦死灰复燃，可世事仍像中美之间击过来切回去的那个小小乒乓球，总没一个准信，谁也不知道那球最终的落点在哪儿——这些事还不能对任何人讲，把他的心悬着，摆来又荡去，他仍没有等到回来的机会。转眼又七年，邓小平访美了，其戴着宽边牛仔帽的照片占据了很多报纸的头版，他九日的行程在电视新闻中被一帧一帧分解、阐释。邓小平的笑意里，全是故土准备敞开胸襟的决心。方延觉得这一次不一样，他没有接受当地华人团体的邀请加入夹道欢迎的队伍，以求亲眼睹其风采，可他不断紧盯着报纸和电视，不放过任何一个细节。他知道，任何一个细微处，都可能隐藏着他能否归国还乡的信息。他不由掌心冒汗——这紧张让他犹如再次站在那只小小的救生筏上，仰望着四周无际的汪洋，前途未卜。邓小平访美的九日里，方延都是在高度紧张中度过的——如果时间再长一些，方延觉得自己的心脏会承受不住。家人把他的一言一行看在眼中，却并不知道他内心的波澜，还不时跟他说笑。妻子倒是知心的，夜里入睡前，侧躺在他身边，不断掐捏着他的虎口，试图让他放松下来。昏黄的灯光下，她缓缓地说："我知道你在想什么，但这事哪能急？只能看看再说……"他说不出来话。她又说："哪天回去，我跟你一起。"这是他最大的安慰了，在美国生活数十年，却拥有一个可以讲中国话的妻子，记忆中那弯折的村路、无边的杂草、不远处的海潮声，因妻子的容貌与口音才并未彻底消逝。邓小平访美给他的震荡是持久的，他不断在各类报道中看到故土渴望睁开眼睛看世界、探出手臂拥地球的努力，他一直在为返乡暗自准备。可时光之快让人咋舌，转眼又是七年，他仍旧没能动身，直到两个月前，又再次做了那个纠缠了他数十年的梦。

本来做这个梦的次数太多，他已经看得很淡——他站在那只孤独脆弱的救生筏上，四望全是汪洋大海，生还无望，他不知道能熬几天——但这一次又有点儿不一样，他醒来后，感觉到了某种空茫与失落。他奇怪这感觉哪来的，按理说他早习惯这个梦了，这不过是他当年的经历一遍又一遍在梦境里重放。他取出一支笔、几张纸，不断把这次的梦复原。罗列梦里所见，其实也是重返旧日：封闭的船舱、摇晃的船、忽然的爆炸声、船舰沉没、巨大的旋涡、不断滑游、救生筏……那些熟悉又陌生的往事，被一个又一个简单的词铺洒开，他用最笨的方法，把它们一一和自己的情绪相印证，看到底在哪个场景出现了分岔。比对到后面，他身体一个激灵，清楚了那失落感的来源——梦的最后，他站在救生筏上往海里一瞥，在那一刻看到的，不是早已须发凌乱、海盐盖脸的自己，而是父亲。父亲在平缓的海面下仰头看着他，海面的波纹加深了父亲脸上的皱纹——这是和以往的梦不同的地方。

不能再等了……他当年外出求生，父亲在最后的信里，给他留下一个巨大的谜团，数十年过去，他没有机会去查验解谜，而眼下，不能再等了。各种手续的烦琐超出想象，真正动身时已经过去两个月。本要跟他一同回来的妻子没能成行，一场急性肠胃炎让她住院了，治疗之后恢复不少，方延却坚持不再让她随行。妻子苦笑："我知道，你本就不想我一同回去。"方延并不否认，他始终觉得，这次回国返乡只是他自己的事，计划内并没有妻子和儿女。妻子说："你别忘了，我也跟海南岛有缘的，当年……我爸……我也想像我爸当年一样，到海南岛走一走的……""海南岛"三个字让他一愣，像是为了缓和他的尴尬，妻子笑了笑，"也好，你先踩踩点，往后总还是有机会的。到时，我回去跟着你再走一遍。"

方延从飞机舷窗看到了蓝色的海，那就是琼州海峡？奇怪得很，从高空可以看到海底高低不一、起伏连绵，可他当年从海口坐船去香港，贴着水面，却只看到幽深，只看到永不可测之黑蓝。过了海峡，就是海南岛了，脑子顿时空荡荡起来，之后发生的事，在他的记忆里被整段劫走。再次回过神，已到老家文昌。怎么下的飞机，怎么被接上班车，怎么就两眼全是海南岛上的绿色……他后来竟想不太起来了。出机场后，接机的是家族里的一个堂侄。接到县里侨务部门的通知后，家族里的人讨论过，年轻一辈几乎没听说过这么一个人，年纪大一些的也记忆迷糊，以为方延早已死去。他们只知道他曾在香港的英国货船上营生，具体事宜并不清楚，后来那艘船的公司来过一封英文信，家里打听好久，才问到懂英语的人，信中大概说他已经出事死去，但又不是那么确定。那时，方延的父亲母亲都已过世，那封信也不被重视，没人真正在意那信里说了什么。时代兵荒马乱，又是抗日又是内战，好不容易一切尘埃落定，数十年下来，连消息都没一点儿的人，早已从家族之人的记忆里抹去，哪知忽然说要回来，族人疑惑之余亦是手足无措。文昌是侨乡，前往海外营生的人极多，华侨归来近些年已是见怪不怪。在侨务部门见到方延提交材料上的近照后，比方延大三岁的堂兄方振成搜索记忆里的残存，和证件照的眉目进行比对，他拍拍胸脯，也把自己眼角的泪拍飞："是我们家的人。"之后，安排了一位脑筋活络的年轻人在侨务部门了解相关手续，亦负责在方延回岛之日把他接回文昌的祖屋。

　　方延不能不搅动记忆，来和眼前的情形对照……真回来了吗？村子当然是陌生的，所有的建筑都换了一遍，可又有着隐隐约约的熟悉，因为那些房子仍修筑在原来的地基上。自己家在东北角，他凭着记忆往那个方向寻去，只找到了倒塌的屋墙、屋内长出的比人还高的杂草。这房子让他心中翻江倒海，倒掉的墙壁犹如一个重播键，不断把少年往事翻出。此时，村人从各家各户出来，散落在路边，是围观，也是在"欢迎"一个"已死之人"的归乡。方延不敢看他们的脸，那些人里，有他从未见过的年轻人，也有和他有过交集的老人。锣鼓声稀稀拉拉，有唱戏的声音夹杂其中。

——自己去香港后，父亲母亲后来的日子怎么样？

——哥哥后来是否回来过？

——这房子倒塌于哪一年的台风暴雨？

……这些难解的问题，凝结成水，冲灌他的眼睑。族里的人也围了过来，却不知道怎么开口。只有一堵墙还未倒，梁木散落，腐败朽坏，霉味凝滞。在人气散尽后，杂草从一切可以生长的缝隙冒出，占领了屋内的空地。方延在乱草中寸步难行，他细细打量，眼前时光倒流，所有的杂草缩回地下，倒塌的墙体重新立起，空荡的房内溢满争吵与欢笑。倒是有一处没有被杂草完全侵占，方延伸脚前探，移步过去，脚底坚硬，原来是数块大石平铺在院子的地面上，一些细草从石块的缝隙钻出。光滑的石块，植物无法侵占、掀翻。少年时感受过的眩晕穿山越海侵袭而来了——很多个夜里、很多个黎明之前，父亲在这里手把手教他拳脚功夫。记忆的细节刻在骨血中，当父亲逼迫他保持某一个动作不变时，眩晕便会袭来——他脑袋空空，仰望着的天也开始变换颜色。他和父亲经常站桩的位置，磨出两片轻微的凹痕，那么多年的风雨冲刷也没能磨平。他轻轻踩上去，像钥匙插入锁洞，开启了记忆的院门。

"先去祖屋吧。"堂兄方振成站在荒草之外，把他拉回现下。

方延跟着，锣鼓和地方戏的声音在变强。祖屋里阵仗齐整，他这个归人需要去完成一个仪式——告知祖先，他并未死在他乡。漂泊近半个世纪、在这个村子认识他的人所剩无几之后，他回来了，得给祖先一个交代。堂兄方振成隐约记得，四十几年前那封英文信寄回来时，没人看得懂。几个月后才问到隔壁村一个读了洋学的青年，他翻译了一下那封信，讲得也含混迷离，隐隐约约说方延已经死在海上之类——估计那小子也没把洋学真读懂。既然死了，该表示的也得表示，家族里给他立过一个空墓，请来做法事的师傅以各种仪式召唤他的灵魂归来。仪式完成之后，师傅并没有以往完成一件法事的放松，而是心事重重，问及原因他也是支支吾吾。很久后，才在各种传言中知晓，说是师傅当时招魂，却并无感应，故而在念咒语、挥木剑、贴道符之时，也显得忐忑不安。那师傅没有明着说这事，却在某次醉酒后透露了口风，说是方延葬身万里之外，感应微弱，没能把他的魂召回祖屋。此时再提及此事，方振成苦笑不已，当年那师傅醉后说的"没感应"，现在看来倒也是"真话"，只是感应稀薄并非由于远隔重洋，而是方延仍然存活于人世，自然无"魂"可召。

　　祖屋的位置没变过，也没有大拆大建，只

是在原基础上修修补补，仍散发着半个世纪前的旧气息。敲锣打鼓的、唱戏的队伍是族里请来的，他们在班主的指挥下，在庆典或葬礼上演奏着不同的曲子。香烛、纸钱的味道在祖屋里缭绕，村人从各个角落围拢过来，观看这个美国归侨。族里的男人全都聚齐了，有三十多位，这些人大多比方延小，他全不认识。少数几位比方延大的，他走上前去，盯着一张线条交错的脸，沉思半天："二叔？"

老者点点头，泪涌出。方延扶住二叔。

方延又细看旁边一位，拿捏不准："瑞爹？"

"瑞爹"摇摇头，方延这才脱口而出："江爹！"江爹抬起枯枝般的黝黑手指抹眼角，这姿势太凌厉，看上去就像自挖眼珠，方延拍拍他的背。方延能认出来的，只有四位比他年纪大的父辈；和他差不多大小或比他小一些的族里堂兄弟，方延当年离家之前当然熟悉，奈何近半个世纪的时光消磨，面目和记忆全都迷蒙。倒是有一位小辈，方延看了一眼，便说：

"你是财哥的崽？"这后辈喊起来："延爹，你怎么知道的？"方延笑了："你跟你爸年轻时一个模样，他当年跟我关系好。对了，你爸呢？"后辈眼圈一红："不在了。快十年了。他长年出海捕鱼，后来骨头缝跟针扎一样，痛得受不了……就……"方延伸手，捏捏他的肩，不再细问财哥到底"就……怎么样"了。

"时辰到……开始！"班主的声音不大，却有着极强的掌控力，锣鼓暂停，时不时甩出几句地方戏暖场的"演员"也停下演唱，细听指挥。班主让族人按辈分、年纪大小顺序排好，准备举行仪式。此时，场面肃静庄严，香烛的味道更让人不得不认真对待此事。可方延越想集中精神，越是心神脱缰，所有的声音都绝尘而去。为了不失礼，方延只能盯紧班主，班主鞠躬他鞠躬，班主站直他站直……他无数次想象过重返故乡的画面，却绝非眼前的光景——透露出某种说不出的荒诞。是的，荒诞。他闭上眼睛，尽力平复自己，这很难，可也得去做。

香烛、纸钱燃烧的浓烟烈气让他鼻尖颤

动，也令泪珠冲破眼睑。

再回过神来，班主已带着队伍走了，族人也退出祖屋，聚集到方振成家的大院子里。那里摆了十余桌，族人以及邀请的一些村人要聚集欢宴。是该欢宴，族人欢喜一位亲人的死而复生，方延喜魂兮归来——这少小离家老大回，这笑问客从何处来，这半个世纪的光阴似箭箭穿心。方延在祖屋里待了许久，中间有晚辈来喊他三回，堂兄方振成也叫了两次，方延都不太应声，他确实需要一些时间消化消化。外头天色已黑，屋内纸钱早已化灰，蜡烛烧尽，线香的点点光斑犹如夏夜的萤火虫，时明时灭，喝酒、欢笑的声音传进来。不远处就是大海，夜风夹带着腥咸味，族人们欢迎他归来的酒宴如同摆在海面之上，被月亮引发的潮汐所掌控，漂浮摆荡，似梦似真。

最后一根线香熄灭，方延走出祖屋。他准备问问堂兄，父亲母亲的墓地在何处？不管离家多远，不论荒草如何嚣张，蔓延、笼罩、遮蔽了那两座土堆，又或者土堆已被时光之刃削

平，未在尘世留下显眼的痕迹，他都得马上去
看看。村里没有电灯亮起，手电筒还是稀罕物，
也不管了，点一盏马灯或一根火把，火光会引
路，把他带到荒草蔓蔓之地，把他带到荆棘草
叶划破衣裤在肌肤上留下血痕之地，他要在父
亲母亲的坟前，洒下三杯水酒、两行热泪、一
串哭声和半个世纪的悲欣交集。

二

后来我才琢磨清楚，站桩那个动作本身
并不让人难受，难受的是一动不动。无论哪个
动作，凝固之后，都会让人疲惫不堪。父亲在
一边死死盯着，我身体的任何一个小动作，都
逃不过他目光的追捕——有时大腿根部近似抽
筋，肌肉已然不归我所有，兀自颤动，他手里
的棍子立刻破风而至，啪地打在颤动之处。我
特别羡慕哥哥，他可以在外谋生，不用活在父
亲凌厉的棍棒之下。我在定好的时辰爬起，来
到院子里。黎明尚远，父亲的身子已如铁塔一

般插在石块上。不远处的海风灌来，咸腥扑鼻，海浪声起伏有度，保持着跟父亲的呼吸一样的节奏。暗色中，不知道他已经站了多久，仿佛会永远站下去，那俨然是一尊石像而非活人。站桩的位置让给我之后，他开始挥舞拳脚。为了避免单纯的站桩太过枯燥，我调动耳朵，细听他拳脚带出的风声。

村子临海，父亲有时会随渔船出出海，更多的时候是一介农人。他的功夫是什么时候学来的，他从没说，只是执着地要把它教给我。我读书不多，听教书先生讲过一些侠义故事，可那毕竟是古代故事，更何况在石块上站桩、挥舞手脚，和那些传说中荡气回肠的故事又有什么关系？我也听过父亲一些事——他青年时即在海南岛上四处游荡，哪里有人习武，他便在哪里教授，有时一待就是一年半载，把自己活得像个古时人物。祖父过世后，田地荒芜，门庭寥落，他被族人多次数落，才回来结了婚。婚后，他每年仍出几回远门，半个月二十天，他背上衣物就消失了；事毕归来，也不说自哪儿而回。

　　大哥很早便跟随村里的一位叔叔去了马来西亚，下南洋去了。这在村里不是什么稀罕事，在周边村子也常见，树挪死人挪活，人们总把往外走看作有出息。大哥在马来西亚做什么，我不知道，据说是那位叔叔有个什么厂子，他在里头当工人；又说他在当地给人家割胶……没个准。时不时有钱、物从国外寄回来，一般是村人回来探亲访友，顺便带回一大批同乡的钱、物和报平安的家书。在我出去跑船前，大哥回来过两次，同样也担负着很多人的重托，就像一个送财童子或钦差大臣，被很多人围看，也被很多希望所包裹。人们打听家人在国外的境况，也好奇异域的风土。哥哥衣崭新、人笔挺，显然是回来前专门量身定制的，再加上发型考究、表情沉稳，讲话字斟句酌，一副见过世面的样子——见过世面不都这样吗？他在家那些天，家里来了不少人，或来取亲友捎带回的钱、物与平安书，或是让他帮忙带一封信出去；也有的两掌摩擦，半天不好意思开口，待了许久，终于开口，是想问大哥有没有门路把他也带出去。

向来石头一般的父亲，在家里人声喧闹的时候，也有了难得一见的笑意。是大哥的"出息"，让父亲有了某种"光荣"？后来想想，或许他本就是个爱热闹之人，很多年里，他行走江湖，曾有许多弟子围着他喊"师父"，那是他最神清气爽的岁月。家里的人来人往，让他想起了曾经的自己——那些岁月，在我们的认知之外。二姐在大哥下南洋两年后也嫁人了，我们家就更安静了，父亲的脸更是难见一丝笑意。仰仗哥哥自己或托别人捎回的钱、物，我在离家前读了几年书。

读书的地方在"望海堂"，是附近多个村子共同出资修建的一间屋子，请了一位先生，教适龄孩童读书。我出生前六年已是民国，到了我跟着读书的时候，也还是摇头晃脑地"之乎者也"。先生时常用棍棒敲击桌子，痛骂人心败坏、国将不国。大多数情况下先生是正常的，也有的时候，他赤红双眼，对着面前的空无狂喷一些我们听不懂的话——他的话太奇怪，平仄对仗、语调铿锵、音节有序，是某种经文或咒语？又或者是别国的话？在此时，躲着就对了，若撞到他面前，骂声劈头盖脸算好的，有时还会挥戒尺朝你的手心打来。更疼的是打手背，手背肉少皮薄，戒尺和骨头的撞击疼死人。每次惩罚完学生，先生也会陷入悲伤沮丧，走出望海堂的门口，朝北而望，念起诗来：

北往长思闻喜县，南来怕入买愁村。

崎岖万里天涯路，野草荒烟正断魂。

有时又变成：

草色芊棉，雨点阑斑。糁飞花、还是春残。天涯万里，海上三年。试倚危楼，将远恨，卷帘看。

举头见日，不见长安。谩凝眸、老泪凄然。山禽飞去，榕叶生寒。到黄昏也，独自个，尚凭栏。

他念这些诗词之时，神情凄怆怪异，且重复一遍又一遍，以至于我很多年后仍然记得。

他的脖子不断拉长，拔高一些、更高一些、再高一些，快要把他的头挂到云上，以让目光穿山越海，抵达更北的北方。有时从望海堂归家，父亲问我："先生又训人了？"我点点头，手掌缩回衣袖，怕父亲看到掌心或掌背又红又烫的印记。我问："你咋知道？"父亲说："好远就能听到他在望海堂里叫……唉，你们先生，心里也苦。"在某些觉得先生心里苦的夜里，父亲会摇晃一下酒坛子，听里头还剩多少……他握着那把酒气，在海风纵横中，去望海堂找先生对饮。父亲是为数不多能和先生说上话的人——村里头像父亲一样在江湖行走过、有点儿见识的人，不多。父亲去找先生，两个人会说什么呢？他们会滔滔不绝地交谈，还是只顾默默饮酒？他们用什么下酒呢？

先生在望海堂教学五年多。

一九三二年冬，海风骤寒，望海堂里紧闭门窗，也没法挡住那无孔不入的风针。先生的脾气也给冻没了，授课变得无比耐心，没有无端的怒火和自顾自的念诗，谈起自己的暴脾气，他甚至有些自责。他的转变让我们更加忐忑，怕是他另一种暴怒的前戏。但他的怒气没有再次引燃，反倒有把所有知识都教给我们的急迫。一日，他告知我们要出门几日，我们都心中窃喜。他次日就离开了，我们都为这临时假期欢喜，却没料想，这假期也太长了。快一个月后，伙伴们见面都尽量不谈论这事，但心里都清楚，先生可能不会回来了。伙伴们看到望海堂就绕着走，那里成了空荡荡的所在。

我却喜欢那间房空空的模样，常一个人在那院子里待着，不远处便是大海，潮汐起落，海风夹带着水汽和咸腥袭来，整个世界都空了。院门处，可见海潮一会儿涨粗，一会儿缩细成一根线，人在那时总会忍不住想，海的远处是什么？更远处是什么？跨过海的尽头呢？先生是跨过了海，返回让他不再感觉窝火、莫名暴怒的北方去了吗？我有几次问父亲，父亲没作答，可从他眼神的凝滞不变又风起云涌中，我觉得他清楚先生的去处。

先生离开一个多月后，有一回，父亲按住我的肩头："过两天，你跟我出一趟门。"我窃喜："出门？"父亲说："你十五岁了，是该跟我出去走一走了。"我说："去多久？"父亲说："可能个把月，也可能两三个月，说不准。"我说："要是先生回来了呢？我还要不要去学堂？"父亲沉吟许久："先生不会回来了……"他停顿了好一阵，说："跟你说也无妨！你先生，留过洋的，去过东洋。前些年参加革命，后来各种派系之争，他灰头土脸，躲到我们这里来，一是逃命，二是心灰意冷。在古时啊，我们海南岛，荒蛮之地，有些高官犯了事，皇上看不顺眼，就会把他们流贬到这里。当然了，你先生是主动来的。去年，日本人在东北闹事，九一八事变……这一次，他离开了，大约是要去做什么，说不好命都要丢了，不会再回来了……这乱世，亏还有他们这样的人。你先生躲到这儿来，一肚子火没处撒，难免会把气出你们身上，你们啊……不懂……"父亲这话，讲了跟没讲一样，先生的下落仍是一片混沌，但我知道不能多问，这世道，年少如我，听闻"革命"两个字，也明白那是不能探听的禁区。

除了衣物，父亲还带上了一根黑油油的木棍，那是他的心爱之物，平常摸都不给我摸，而他在院子里练功时则时常挥舞。那是一根好木头，韧性强，硬得铁一般，拿刀具敲击，响金铁之声。他还递给我一柄小小的匕首，裹在鞘里："你贴身带着，关键时刻可防身。"我说："还要带这个？"父亲笑笑："世道乱，盗贼多，谁知道会遇到什么人。"母亲对我这次出门十分忐忑，牵来扯去泣泪多。父亲说："我带他练练胆，倒是你，一个人在家，夜里门要堵死些。"父亲把木棍在练功的大石上敲击几下，当当声里，他说了声"走了"。母亲要送我们出村，父亲也不回头，右手掌在右肩膀上方摇几次，让母亲回去。经过望海堂的时候，我有些恍惚，好像听到里头传来了读书声，我说："爸，是不是先生回来了？"父亲好一会儿才从鼻孔里挤出几个字："你耳朵鼓风了？"

　　步行前往海口的路上，父亲说了我们此行的目的，我们是要去陪一位先生"逛逛海南岛"。父亲练武多年，干过多年押镖送物的活儿，足迹遍布整个海南岛。别人愿意找他带路，固然是因为他对各地的熟悉，更因为他有些拳脚功夫，在这乱世，遇到盗贼拦路，也能帮得上忙。这一次，父亲要给一位田先生带路，至于具体路线，还不清楚。父亲说："你现在还小，以后会懂得，为什么这一次要带你出来。"我无心听父亲的话，一直沉浸在将要去海口的兴奋里——那个热闹、繁华的传说之地，那座海南岛上最大的城池，总要去见见的。早晨出门，一直到天色变黑，我们才进城。父亲也不流连，带着我穿过一条繁华的街巷，来到了一家侨安旅馆，报上名字后，即可入住。邀请父亲带路的人，已经提前安排好了一切。那是我第一次出远门，第一次住旅馆，从三楼的窗口能望到北边的一片沙滩，不远处有一座咖啡色的钟楼，再过去便是海了。

　　当天晚上，我们在侨安旅馆见到了田先

生。先是响起了敲门声，父亲开门，进来一个身材矮小之人，胡子稀疏，戴黑框眼镜。那人说："这是方师傅？"父亲说："您是？"来人说："在下田祝澜……"父亲疑惑道："您……日本人？"田先生一愣道："标准的中国人……哈哈哈，这一路，有不少人把我当成日本人，在丽水、在缙云、在建阳、在福州、在三水，都有人把我当成日本人，这是第六次了……"

父亲说："我还以为……若是日本人，这活儿就不接了……"田先生大奇："方师傅对日本人有看法？"父亲说："日本人对我们中国虎视眈眈，也不是一日两日了。去年，东北，九一八……"田先生竖起右手大拇指，可能感觉还不足以表达心情，他干脆伸出双手，拍拍父亲的肩膀。父亲回过神，把我一拉："这是我家小子，我这回把他带上，想让他开开眼界。另外我年纪大了，精力不比以前，他也能帮帮手。先生放心，这一趟，他的吃住，不劳烦先生……"田先生点点头："年轻人，是要走走看看。没关系，这一趟有考察的支出，他跟我们同吃同住就是。"父亲扯扯我的衣袖，我向前，作揖："田先生……"田先生说："后面我们都在一块儿呢，你们今天走了一天，先休息休息，已经交代旅馆一会儿送餐过来。"

田先生说完就转身离开了。

父亲的脸色越来越阴沉。

我说："爸……您……"父亲沉吟许久，说："刚刚见到田先生，像个日本人，我恰好想起，十年以前，有人辗转找到我，让我带路环游海南岛，后来才知道那是一个懂中国话的日本人，叫后藤再三。当时也是不懂世事，那日本人只说他在旅行。他那一趟，拍了不少照片，也采集了一些动植物标本，带着考察报告回去。我一直很后悔，怕自己无意中做错了事。去年九月，日本人在东北闹事，发生了九一八事变，我最近不时想起那件旧事，生怕自己真的做错了。"我说："爸，错在哪儿呢？"父亲说："你还小，不懂，这种事，一步都不能走错——即使是无心的。现在日本人对中国馋得很……那件事之后，前几年，又有个法国人来，我还记得，叫什么'萨维纳'的，也托人找到我，我不愿再接这种活儿，推掉了。这事，你藏在心里就是，不能和任何人说起。爸告诉你，也是相信你，总要慢慢面对这些事。"我只能点点头。夕阳收起了所有的光，房间昏暗起来，窗口望出去，却看到不远处的钟楼上亮着光，周边街巷点起了灯火，父亲的脸消隐在半明半暗中。他喃喃自语："爸不是读书人，不懂大道理，但总觉得，我们的地方，日本人、法国人一字一图记下来，我们自己人却不管、不理、不了解，对不起祖宗啊……"怎么又跟祖宗扯到一块儿了？我不知父亲浩渺的心事所从何来，幸好，很快有人把餐食送到房间，那扑面而来的香气，让父亲的精神提振了起来。

我没想到父亲竟会骑脚踏车。这是奢侈之物，我此前都没见过，而父亲是什么时候学会的呢？我看着父亲，像在看一位陌生人，他有着我不知晓的过去。田先生这番环游海南岛，是政府出资让其考察，沿途的部门都给他以方便，其中包括安排了两辆脚踏车，田先生自己骑一辆，另一辆给父亲骑。出发前，田先生先去了旅店附近的一家"海南书局"，把一本校订完毕的著作《调查撮要表》交付印刷，之后我们便往南行。田先生的车后座上捆绑着一些行李，我坐在父亲的车后座，看着父亲用力踩着脚蹬——风刮到脸上，沿途我全不熟悉。很多年之后，对于这一次出行，我所记无多，但父亲在前面卖力，而我在后座上成了父亲的负担这一幕，却印象深刻。饶是如此，父亲的车仍在田先生的前面，他要负责带路。

　　每到一地，田先生便提着公文，找到公务人员，让他们帮忙寻当地的能人。田先生手握纸笔，问询此处的人口、物产、风俗等，他边问边记录。一般来讲，当地的公务人员还会招待一顿吃喝。此时最为轻松，父亲要么上前给田先生和公务人员之间做个引荐什么的，要么坐下休息；而我，则推着父亲骑的那辆脚踏车，练习骑行……几日之后，我也学会了，有时会在途中和父亲换换手，让他坐到车后座去。田先生有一张地图，每到一地后，便在地图上画一个圈，并和上一站贯穿起来，这就是我们一路以来的轨迹了。我并不懂田先生的问询、记录到底有什么用，起初还觉得惊奇，渐渐却感到无聊起来，这是在做什么呢？田先生说要写下他的海南岛旅行记。

我没有田先生的大志，只觉得旅途寂寞。虽是沿着较为平坦的官路前行，脚踏车仍是一路颠簸。走村串寨、过山涉水，海南岛的山川一一在我面前亮出它们的面孔。我不知朝向、不懂地界，总觉得三个人是在这无边的路途上惊慌失措地乱逛。但一切都没乱，每晚田先生都会和父亲商议次日的计划，准备抵达哪里、歇脚哪里。父亲不需看田先生那张地图，说到某一地，他皆能如数家珍般一一道来，哪里的路不适合走、哪里有盗贼盘踞，他一清二楚，会提前让田先生绕道。陷入海南岛巨大的中心后，田先生便不得不仰赖父亲，不得不仰赖父亲心中的另一张地图。因有考察的需要，行程并不快，但一日下来，仍会疲惫不堪。我们有时在一些墟镇上的驿馆过夜，有时借宿农家，有时则只能露宿野外——父亲会捡来大堆木柴，点起熊熊篝火。即便是这样，父亲也没忘记在睡前练练拳、舞舞棍，并督促我也练习，他还强迫我与他一同站桩、打坐。他跟我说起这两者的妙用，却总词不达意，最后只能说："多练练总没错。"

田先生每日的记录任务极为繁重，一到歇息处，就顾不得其他，只是奋笔疾书，把一路所见所闻先记下。父亲的脸，在篝火的映照下明灭未定，可以看出，他很享受这种在路上的生活。从父亲一路上对各村镇的熟悉程度，我知道，他曾在这些山山水水间行走过很多的光阴。夜太过安静，盘腿打坐的父亲一动不动，不像是这个世界的人。田先生在完成一天的任务后，有时也会跟我聊几句，他说得最多的是：少年人，不要只是待在这个岛上，你要去看看世界——见到世界了，才知道眼前的这个岛是什么样的。

这次出行，我更多的是感到疲累与寂寞，所记得的事情并不多，除了两件事。

　　其一，是途中的一次奇遇。出发的第五天，到了海南岛中部的一座高山，行走愈加艰难，海拔升高，呼吸变得急促，而山路两侧，树木直插入云——云雾在枝叶间聚而又散。田先生已经腿脚不太利索，他提出歇息一会儿，父亲却咬紧牙关："这里不适合停留，下个歇脚处还远，得继续赶路。"大多数时候，父亲尽量配合田先生的安排，而这回，他把话说得斩钉截铁，我们只好跟着走。我推着一辆车，父亲推着田先生那辆，急促地走在前头。正当我们濒临崩溃之际，忽然听到林木间传来数声奇怪的叫声，竟然听不出那是什么声音，有点儿像是鸟叫，可声音并不零碎，而是极其连贯有规律。这声音先在左侧响起，一会儿后右侧也有了，此起彼伏。父亲停下，转身，脸色已变，他把车的脚架支下，面色冷峻地说："你们在这里歇着，不管发生什么都不要乱动，等我回来。"他左手拇指、食指捏住下唇，一吸气，发出几声尖啸，和林中传来的声音竟然很像，像是传递了某种信息。不一会儿，林中的声音再次响起。父亲再次发出尖啸，之后回头说："别乱走，就在这儿等着，我回来再说。"他挺身往右边的林中去了。我和田先生面面相觑，想开口说什么，却又感到说什么都不对。此刻的山林诡异无比，腐烂的枝叶冒涌出浓烈的气息，我们都觉得头有些昏沉。静坐下来后，各种声音出现了：风吹木叶、虫蝇振翅、山鸟鸣啼……田先生焦躁不安，一会儿站起，一会儿坐下。他从包袱里翻出一本书，读几行便又合上，一会儿又翻开。为了静心，我只能盘腿坐下，闭眼安神，但妄念如跑马，奔袭不歇。不知道过了多久，我睁开眼睛，夕阳已到，金黄色把山林染得无比辉煌，我心有所感，心想父亲很快就要回来了。没一会儿，就看到父亲拖着一条长长的影子走近。田先生几乎是弹射而起："方师傅，发生了什么？"父亲满身疲倦，还散发着些酒气，他淡淡地说："先赶路，到歇脚处再说。"他推起脚踏车，状若飞奔，我们只能跟着。很快，山路全黑了，幸好我们已临近山脚。在山下又走了近两个小时，才看到火光，在一个墟镇歇下。看到火光的那一刻，父亲步子没停，只是甩出一句话："今天，遇到盗贼了。"这之后，父亲再没跟我说起盗贼之事。田先生则围着父亲问了许久，父亲让他答应，不能把这些事写到他的行记里。田先生答应了，父亲压低声音说了一会儿，而他说出的故事是什么样的，于我却是一个谜。之后好几天，田先生多次在我面前竖起拇指："你父亲……这个！厉害，这次来，我找对人了，否则，说不定有来无回了……"可他也没有在我面前透露任何父亲如何平息盗贼的细节。

其二，到了海南岛中部稍稍往南一些后，田先生被一场急病击倒了。此前两三日，阴雨不绝。田先生戴着眼镜，雨一下，路就看不太清楚，我们走走停停，进度极为缓慢。父亲和我对海南岛的天气早已习惯，而对于田先生来说，这雨便成了刺入毛孔的寒针，他的喷嚏止不住，人也漏气般整个扁了下去，眼窝深陷，颧骨凸出。父亲着实比田先生紧张，提议返回海口就医。田先生有些不甘："着急啊，这才走了不到一小半，就得……"父亲说："先生初到岛上，不习这边水土，又一路奔波，难免撑不住。我们要不歇息两天，若好了，便继续剩下行程；若不行，便返回海口？"田先生犹豫许久，也只能这样。当地的政府部门看了田先生携带的公文，极为重视，除了安排住宿，还找来医生，给田先生打了一种叫"金鸡纳霜"的药。我们滞留当地，等待田先生恢复。闲极无聊，我便骑着脚踏车闲逛，引来阵阵注目。父亲则在某日一大早，去拜访一位当地朋友，夜里才回，递给田先生一张红纸符咒，说他那当地友人是有些神通的，他去给田先生讨了一张护身符回来，烧成灰泡水服下，可治病。田先生嘴唇发紫："这东西要有用，那大夫不是多余了？"父亲说："试试看呗。"田先生摇头苦笑。又一日，医生来看过田先生后，摇头不止，说其身子更热，病加重了，久留恐怕不利，应尽早返回海口去大医院看看。恰好这日，有汽车途经此地，目的地正是海口，经过一番思量，我们终是把脚踏车也塞到了汽车上。

抵海口后，父亲对田先生说："你休养好，什么时候需要，我再来。"

我与父亲返回村里，几天后，便是春节……那也是我在故乡过的最后一个春节。细细想来，这趟出去，并没有见到多少奇事，但我觉得自己整个人都变了，和伙伴们再没什么话可说。一九三三年的春节，天气萧瑟，寒凉入心。初四那天，父亲一早出去了，午间回来，脸上眼泪纵横，没等我和母亲发问，他已经忍不住："你们望海堂的先生，没了……没了……"说着，他把一封信递给我，我伸手去接，他又猛然抽回，走到春节期间堂前一直点着的油灯上引燃了。火光明灭，他的脸又红又黑。

那封信便成了永远的谜。是什么人给父亲写的信？或者，那是先生临死前的诀别书？父亲除了是能和先生说得上几句话的人，会不会也是他某种意义上的"同道"甚至"同志"？之后几天，父亲一直没回过神来，深陷于友人"没了"的哀伤。年初八那日，他才提起精神，因为田先生已经从病中恢复，托人叫他，继续环海南岛，续那未完成的行旅。这一次，父亲没有带上我，木棍在他手上舞出几圈棍花，风声呼呼，他的身子从棍影里消失了。

没有我在，他和田先生每人一辆脚踏车，行程会快得多吧?

三

县里对方延这位美国华侨极为重视，安排一位相关部门的工作人员专门与他对接，也没理会他的想法，拉着他两天内跑了全县五六个点，时不时问他："方先生，感觉怎么样?""方先生，这里不满意，我们去看看下个点……"没法直接拒绝的结果，是方延看了流经县里的河，也看了县里的山，更被拉去海边，在茂密的椰林里看了绿叶摇摆起伏。那一日下午，他知道不把话挑明不行了。方延沉吟许久，说："我这一次回来，并没有投资兴业的打算，只是四十多年没回来了，返乡认认亲、扫扫墓……"见那陪同者因尴尬而凝固的表情，方延笑了笑，"不过，我也有点儿心愿，想请县里帮个忙……"方延顿了顿，等情绪酝酿得差不多了，又说，"我不是生意人，这一次确实不是为生意而回来。我知道，一个地方要发展，首先得把教育办好。我手头也不宽裕，但也想给县中学捐点儿钱，具体用于盖间课室或是资助一些困难学生。"那陪同者握紧方延的手："教育最重要，教育最重要，我一定跟领导汇报，把这笔捐款用到最需要的地方……"县里到县中学了解之后，说有教室在前两年的一场台风中损毁严重，学生目前都在危房中上课，急需修缮。还反馈说，修缮后，考虑以"方延"之名给教学楼命名——方延心中苦笑，这是赶鸭子上架，挖坑等我跳啊！我哪有那么多钱！方延给县里回复，如果一定要冠个名，他希望叫"望海堂"。

方延再三推辞，县里还是要举行一个仪式，让方延跟学生们讲一讲，鼓励鼓励他们。当然，最好提前有个讲话稿，大家一起帮忙斟酌斟酌。坐在主席台上，方延有点儿惶恐，可他不能把这些情绪表现出来。举行了一个在方延强烈要求务必简短的捐赠仪式后，他对那些学生讲了讲自己的事。有那么一瞬间，他顿然出神，自己怎么就坐在这个地方，要对着学生说话了？他嗓子清了六七回，才把情绪压住，照着稿子念道："离开海南，是被迫的。更想不到一走之后，那么多年没机会回来，直到这四十三年之后……"

……

他的演讲反馈怎么样，他已经无心去了解了，他唯一记得的，是这期间很多次掌声响起。掌声并没有让他悔意消退——事实上，开讲后，他就更后悔了。无论如何，这也是把潜藏着的旧事再次揭开，那种撕裂之痛仍在。别人把这些当成故事来听，而对他来说，却是刻在骨血中的梦魇。其中有掌声、有惊叫、有一张张屏住呼吸的紧张的脸，也有结束演讲后，不知道谁伸过来的带着安抚之意的手……他只觉得疲惫，别人再说什么，他都不再细听，匆匆离开学校，返回村里。

在美国多年，要说已完全适应了那里的生活，也谈不上，可毕竟那么多年的时光打磨，身体本能上已更习惯那里的一切。想到这一点，他有些惊慌，这惊慌来自他感觉到当下的自己，似乎更适合那个远隔重洋的家，而不是眼前的这片故土——这算不算另一种意义上的背叛？妻子的脸浮现，若是同意她一起回来，自己有个说话的伴儿，心情也不至于如此翻江倒海。

不知不觉间，方延又来到了父母的坟墓旁。坟墓上的杂草，在他回来后，已清理干净。他让堂兄找石匠刻了一块墓碑，也立了起来。一切都是新的，石碑上的字迹转折锐利，红漆把字涂染得鲜艳刺眼，坟墓边还有两日前石碑立起时焚烧的纸钱与香烛，好像坟墓里的人也才离去不久。在米酒一点一点的催发之下，堂兄方振成缓缓说起，眼前立着两座坟，可埋葬着的却只有方延的母亲。不知道是酒让记忆模糊，还是确实时间太久，堂兄也说不清具体时间，只记得大概在方延离家去香港谋生六七年后，日本人入侵到海南岛。日本人来找过方延的父亲，他躲避未见，后来为避免祸及族人，他去见了日本人，从此再没回来过。方延的母亲在他父亲离家后一年就过世了，她没交代别的事，只是跟族里人说，在她的坟墓旁，给方延的父亲也立一个墓。代替方延父亲的肉身下葬的一些遗物，已被方延母亲提前收拾在一个盒子里。方延的母亲过世后，房子彻底空了，在南洋的哥哥没回来过，也未寄回一封信，嫁出去的二姐偶尔回家，也只能看着屋内结满蜘蛛网而默默垂泪。那两座坟，族里人想起时，就简单地锄锄草、添添土，更多的时候，则湮没在荒草与杂树丛中。那天堂兄方振成带他来此，对着荒坡上起伏的土堆恍惚犹疑不敢确认，来回踱步了半个小时，最后还是把年纪更大的二叔喊来，才确定了墓的位置所在。

他还得悄悄打听她的下落——在他心中，

不能把名字叫出来，他想起来时，只能喊
"她"。数十年过去，关于她的记忆早已湮没。
当年离家前，母亲给他定了一门亲事，姑娘是
隔壁村的，两人并未在正式场合见面，但已经
按照村俗送了八字。父亲是见过世面的人，又
常常和望海堂的先生夜谈，有了不少新思想，
强烈反对母亲的做法。母亲淡淡地说："你反
正要把小孩往外送，那还不如早些定下来，择
日完婚，他就算外出谋生，也留个孙子给我们
带带。"父亲则说："正是因为我们要把小孩
往外送，才不能耽误了别人家的女儿。"两人
争执不下，问方延自己的想法——他哪有想
法，他少年心性，根本没往那边想。最后母亲
把礼往隔壁村一送，这事就定了。方延私下跑
到隔壁村好几回，想偷偷看自己"对象"的模
样。他蹲守暗处，远眺静待，却在那女子的身
影出现时落荒而逃。方延的心被搅动了，很多
个夜里，那并不清晰的脸，是盖在他梦里的印
章。

　　没过多久，父亲通过田祝澜先生给方延在

香港谋得一份差事，方延就离开海南岛了。母亲本来很想在他离去前，把他的婚事给操办了，方延拒绝了，说他没准备好。父亲也说，外出历练历练，过两年再结婚也不迟，两人年纪都还小。当时没人会想到，这一离开就是数十年。方延在船上服务，随船出海，望着舱外的海浪，并不知道航行到哪儿了。偶有假期，寥寥数天，也没法从香港赶回，一年一年的，就这样消磨着。这期间，父亲在来信中也提到了他与她的事。方延心绪惆怅，出来谋生，万事难定，他一咬牙，回信让父亲去退了婚约，以免耽误人家。后来收到家信，说她不肯退，宁愿等。方延惆怅更盛，也没法排遣。他如何能想到，世事跌宕起伏，自己后来历经九死一生，在海外苟活了下来，家国遥望，哪里还能回到当年？在美国结婚前，他跟未婚妻谈过老家的人事，她苦笑："看来，不管怎么算，我只能是小老婆！"

　　这一次回来，他想到了她，问询打听，也并非难事。据说她后来还是嫁了人——这是方延唯一的安慰。若她真的在漫长的岁月中孤身一人，成为附近村子并不罕见的"守望妇"，终日牵肠挂肚，等待自己的归来，他该何等自责？她后来嫁的是一位渔家人，育有三男一女，丈夫长年出海，终丧生于一场风暴。而她也在后来的一场台风中消失无痕，周边的人都传说她已经随风寻找她的丈夫去了。又有不少神叨叨的传言，说她消失后的很多年里，一些患病者或阴气重的人，总会见到她来去不定的魂儿，那魂儿有着要问询什么又不知如何开口的羞怯和犹疑。她如此飘浮直到消失于一阵没来由的风。方延倒盼望能真的见上一见——如果有这机会，他一定不会像少年时那样闪闪躲躲，而是会迎上去，细细端详她化为虚幻的脸，端详时间在每一个角落毫无遗落的刻画。她的脸最终会被雕成老迈还是依然年少呢？

四

那是一个后半夜，我从睡梦中猛然惊醒，

妻子在一旁鼻息平静。或许，这是她装出来的，为避免我因为惊醒她而愧疚，她只能保持着"和缓"的睡姿。我也不能去点破她，这是一种默契的表演，守护着各自的记忆。我推门而出，看到院外夜空深蓝、群星静默，自己所经历的残破、零碎、无逻辑的旧事，都在夜风中涌来，瞬间扭成一体。是的，事情发生在眼前，而我们永远不知道发生了什么，只有到了很多年后，用记忆的碎片拼接、组合，才能看到其破败的身躯瘦骨嶙峋，支撑着历史的骨架。我，也只能在逃生后的很多年里，在一些报刊上的文章中，才逐渐拎起了一条残破的故事线，而最开始的线头，是田祝澜先生的一封介绍信。

那是我去香港时，身上最重要的物件。

在海南岛环游之后，田先生收获颇为丰厚，他在给父亲的信中说，他的《海南岛行记》一书已经在整理，等正式刊行后，会寄一本给父亲"指正"，感谢他这一路上的帮助。我好奇的却是：父亲会不会被他写到这本书里去呢？

我会不会也被他写进去呢？我会被写成什么样
呢？田先生和父亲往来了几封信，有的我看
过，有的父亲没给我看。有一天，父亲脸色苍
白地说："田先生的介绍信来了。我让他帮你
寻一份工，他问询妥当了，你收拾收拾，月内
到香港去。"在这乱世，谋一份工并不容易，
但母亲还是眼圈瞬时泛红："要去香港？他一
个人？要不要让他跟他哥哥一块儿去南洋？两
兄弟，也有个照应……"父亲脸上的苍白缓缓
褪去，神情严峻，决然道："鸡蛋不能放在同
一个篮子里。"母亲不再吭声，忙家务去了。

父亲拍拍我的肩膀："知道为什么想让你
到香港去吗？"我摇摇头。父亲说："你还记
得上回带你到海口，跟你提到过，我当年曾带
着一个日本人后藤再三游海南的事吗？"我点
点头。父亲说："九一八后，日本人已经占了
东北，他们跟中国之间摩擦日重，人家打上门
来，我们也不能等死，这仗肯定得打。若是有
一天日本人来到海南岛，战火一起，免不了要
上战场，枪炮不长眼。香港如今毕竟是英国人

治下，还能躲一躲。另外，当年那日本人回去后，免不了也像田先生一样，写出一两本书来，海南岛的资源在哪儿、路怎么走、怎么个进攻法，搞不好都研究得一清二楚了——爸爸常为这事后悔，当年虽是无心，但已经埋下祸根。但愿是我多想了！要是有一天，日本人侵琼来了，他们会不会还派人来找我这个当年的'向导'帮他们做事？真找上了，不答应，死；答应，不就当了汉奸？就算日本人不来找我，毕竟当年我带着日本人考察过海南，这事情抹不掉，战火一起，我们海南人也放不过我。你爸老了，倒不怕丢命，可你不一样，往外走，先活下来再说。窝在海南岛，就算你活了下来，如有人以我当年之事给你扣一顶'卖国贼儿子'的帽子，你哪里还能抬起头做人？"父亲把事想得那么深远，一层一层，全在我的理解范围之外。父亲把手掌再次放到我的肩膀上，掌心温热传来，他笑："你也可以把这话当作醉话，希望是我多想了。但你得记住，决不能跟任何人提起。另外，我教你的功夫，闲暇时得多练习，在外头，有身好功夫，才能防身。静坐更要常练……"

由于怕丢了，母亲把那封信用布袋包好，再把布袋缝在我的裤子内侧。我把那封信抄了一遍，带在身上，不时翻出来默记，字字句句皆牢刻于心，以备出现极端情况时——比如把裤子弄丢了——还能知道到了香港后去哪儿、找谁。父亲把我送到海口，我登上了远航的船。那是一九三四年，我十六岁，不知前头等着我的是什么，挥手作别时我也想不到那是见父亲的最后一面——岸上的父亲腰杆笔挺，和他时时挥舞的木棍一般直，好像他已经扎在岸边很多年，还要继续扎下去，任何风暴也吹不歪。喧闹拥挤的船舱里异味萦绕，幸好我家在海边，虽没有远航经验，总还跟着渔船出去过，不像很多初次登船的，在客轮的摇摆中上吐下泻，呕出绿乎乎的胆汁。别人呕出的气味有传染性，诱发我呕吐的欲望，最后我也是把魂儿都吐干了。

田先生介绍我到一家航运公司去工作。

我自维多利亚港登岸后，问了几个人，便寻到了信中提到的那家航运公司在港口的一个办事点。负责人眼神迷离，支支吾吾，我说找田华先生。大约两个小时后，我见到了田先生信里提到的田华。田华估计比我大个十来岁，浑身发着油光，犹如刷了一层黑漆，眼睛一直眯着——后来我才知道，那是长年被海风灌吹的结果。我借了把剪刀，拉开裤子，剪下缝在内里的那个布包，取出介绍信递过去。田华接过信，扫了两眼，确认无误后，仍免不了发出牢骚："澜叔怎么专门给我找麻烦……你多少岁了？"

"十六。"

"你这么瘦，能干活儿？"

"我有力气。"

他猛地握紧我的手，奋力一捏，我觉得痛，忍住没哼声。

"过来的船上，你吐了？"

"没有。"

"我闻到馊味了。"

"其他人吐的，味裹我身上了。"

"好小子，嘴硬，以后出远航，有你好受的。"这事也就定了下来。田华带我到一个路边摊吃了一碗面，问了我几句如何与他叔叔田祝澜认识的。我无师自通，夸大了田祝澜先生考察时遇到的危险，我把那次"遇到山贼"，我和父亲是如何凭借功夫救了他说得天花乱坠；也把田先生后来病得快要死掉，父亲又是如何想办法把他送往海口就医说得添油加醋、跌宕起伏。田华愣了一会儿："怎么没听澜叔提起过……"

"你多久没见到他了？"

"也是……既是我叔的恩人，以后船上有事，记得找我。"

填了表格后，我就成了远峰号上的一名船员。在海南岛的村里，我见过不少回来探亲的南洋客，我的哥哥就是其中一位，他们有时说起在外生活，多是人在异地的艰难。可即便如此，在短暂的停留后，他们仍旧会离开。村里贫瘠的土地，给不了他们想要的生活。而这些归来客说得越是辛苦，村人就越是向往，并认为那辛苦里蕴藏着无数的希望。田华介绍远峰号上的情况：船上有一个华人工头，船上白人的命令，都通过这个懂英语的工头传达，船上的华人都要听他指挥。饮食部门的人，有不少来自海南岛——对那些海南岛来的老员工，有乡情乡音的牵扯，反而更不能怠慢。我必须每天早上四点多就起床，把客舱的休息室打扫干净，再到底舱把需要的供应品摆好。一天里没有固定休息时间，只要有安排，就得干。三餐里，早餐午餐华人船员只能吃客人的剩饭；晚餐可以不吃剩饭了，但得等到十点半以后。晚上十一点后，船上的大部分人都睡去了，我们才能上床休息。

　　日后想起，还没来得及看一看香港热闹的街巷，也没顾得上把这些新的信息消化，远峰号已经起航。我跟饮食部的老员工打听这一趟是去哪儿时，几个人的目光顿时阴冷起来。好一会儿，一个人才好心提醒："在船上，这不是你该打听的，这不属于你的工作。"而负责带我的一个老船员，直接一巴掌就扇过来了。

这艘船能容纳一百多人，具体多少，我一直没真正弄清楚过。供客人使用的客舱、餐厅、休闲室，供高级船员使用的舱房、饭厅、厨房，都是我服务的地方。出海之后，就算是这样的大船，也随时处于摇摆中，船舱内各种气味混杂，让人恶心呕吐——而这是船上最不值得一说的事。吐完了，漱漱口，还得爬起来，捂着疼痛的胸口，该干吗干吗。得闲时刻，想到家里，只能钻进被子里头哭。船员见怪不怪，没人安慰，更多是取笑："多哭几次就好了。"

第一次出航，我就在一张纸上画直线，每过一天画一横，好让自己知道已经离开了多久，大概还有多久能回来。同宿舍的船员发现了，笑说："在这活一天算一天的海上，事事都记着，多累。脑袋装太多东西，总有一天被压到海底去。"工作时间更长更辛苦，可华人船员的工资，还不及白人船员的三分之一。私下偶发牢骚，隔壁床立即伸出铁一般的手掌，堵死我的嘴："你想死？还想要公平？远峰号算好的，很多人在别的船上，还得时时挨打——世界就这样，我们就是低人一等……"我挤出一句："我说的是海南话，不会有人……"隔壁床又压低声音，眼睛往四周绕圈："你知道哪张嘴会漏风？"相处久了后，发现饮食部门的海南船员还算比较团结。在那个拥挤的船舱里，说起海南岛，每个人都有一肚子的故事，都想着有一日能回到海南——可往船舱外一瞧，四处是蔚蓝的汪洋，谁也说不清船到底行驶在哪个位置，海南岛又在哪个方向，何时才能回去呢？

那单调的蓝，让人陷入虚妄。我的邻床悄悄讲，此前他曾亲眼见一位船员，在一次漫长的航行中逐渐丧失神智。一日，他见那船员站在船沿盯着水面，他喊几次也没听到回应，正欲上前探个究竟，那船员猛地一纵身，直扎入海，根本来不及抢救。邻床因亲见这事，也留下阴影，一直回想那船员跳海前到底盯着水面看什么。邻床低声说："我也是很久后才明白，你不能一直盯着水面看，看多了，你想见到的、你害怕的，全都会在那里出现。看多了，谁都忍不住要往水里跳。"想了好一会儿，他再次强调："你是新手，真的不要盯着水面看……"他越是这样强调，我越是想看看水面。有好几回，我盯着那永远动荡的深蓝色看，那里幽深莫名，涌出一股强大的吸附力，某个旋涡会让你头晕目眩，涌起扎入水中的冲动。船上有纪律，邻床提到的那些事，不能公开谈论，否则便被视作传播恐惧，会受到很严厉的处罚。但各种流言无法止息，有时登岸，不同船的船员遇到，也会交流此类信息。有人讲得神乎其神，说某船出海，每到午夜，往船尾处望去，便可看到某死去的船员通体荧光踏浪尾随；又说某船曾暗携一犬，在一次远航时犬掉入水中，之后不止一个船员常于船舱内听闻吠叫，得喊其小名三遍方才停歇。为了避免出现意外，管理上便把船员进行分组，互相监督，一旦有人情绪异常，同组的人便有上报与监看的义务。

船上等级分明，华人船员低人好几等，据

说以前也争取过。数十年来，华人船员多次抗争，反对种族歧视、争取提高薪水、改善工作条件，到最后，也就是热闹一下泄泄气，哪能改变什么呢！那年月，华工在不少国家都备受歧视——没办法，这并非某个人或一群人能改变的，这是一个民族羸弱的必然结果。还有老船员回忆，十几年前，香港的船员因待遇太差，曾集体罢工闹事，他还记得集体冲上街头时的热血沸腾，可等热闹过去，面对的不还是一切如旧？那老船员眼角颤动："你们年轻，不清楚，目前的条件还是改善过的，在以前，更……唉……再说，这几年，连老美都经济大萧条，冲击太大，各国吃了上顿没下顿，到处又战火纷飞，不是这个国家打就是那个国家乱，这日子啊……唉……"为减少成本，船务公司清掉了大批船员，尤其是那些资格老、薪酬高的船员，尽量用最少的人手，也尽量用最年轻的新手，因此老船员们都怕哪一天被裁掉。我一个初出茅庐的小子，更是只能听着，父亲无论如何都要把我"赶"出来，不就是为了让我活着嘛……活着，就行了。

父亲教给我的打坐，能帮我在高强度的重压下缓过来。忙碌的间隙，有那么一小会儿，悄然地坐下来，闭上双眼，凝神静气，让各类妄念远离自己。这是最难的，妄念非但不走，还犹如海浪一般连绵不绝——也无所谓，只要有那么一刻能静坐，摒弃眼前逼仄的船舱，淤堵在胸的憋闷便会缓缓散开，人重新活了过来。有时船员奇怪我为什么那么呆坐着。我回答，闭目养神。静坐之后，有时觉得船外的浪完全消失了，船上的人也消失了，甚至船也消失了，唯有我飘然于这个世界上；有时，则听到海浪声极为清晰，甚至能听到每一朵浪花溅起的颤动、巨鲸在海底的潜游……起身后，被异味围裹的闷热船舱，也就没那么难以忍受了。

无论环境多恶劣，人总会逼迫自己去适应。随着一次次远航，随着远峰号在各个国家的各个港口停靠，我的世界大了，我见到的人多了。难得回到香港的时候，我也会在这座城里走一走，给海南岛老家寄一封信。长时间的航行，把生猛的船员们憋得要爆开，一旦有机会登岸，他们总是抓紧一切时间去找姑娘们。每个港口附近，都会有很多烟花地，船员们不用打听，只用鼻尖的闻嗅就能寻找到那些隐秘的场所。他们大呼小叫，潮水一般荡上岸，劈为很多支流，散在细碎的沟壑里。他们冲下船时，手臂与额头上都青筋暴起，双目经过长期的海上晃荡，布满血丝；等到他们重返船上时，则散发着劣酒的臭味和某种让人妒忌的心满意足。有时他们也会抓住我的手臂往某个角落拖，我口齿结巴："……不……我不……去！"趁他们手劲松懈，我手腕一滑，往后缩回甲板上。他们哄然大笑："小鸡崽，不懂事！"我站在甲板上，闻着异国港口的咸腥味，怅然于自己怎么就到了这里。我比我的所有先祖走得都要远，可……我怎么就站在了这么个地方呢？

也有挣脱不了的时候，我被几只手臂架着，他们发誓让我"尝尝鲜"，任由我的鞋在地上拖出时而清晰时而模糊的曲线。拐了两个弯，钻进一间人声鼎沸的房子，鼻腔顿时被猛烈的酒味和更猛烈的香水味所充斥，一下子来到了女人的汪洋大海中。十几个外国女人站成一排，嬉笑不止，船员里懂几句外语的，叽里咕噜加指手画脚，他话没说完，已经有好几个女的盯着我笑，笑得身上的肉也颤动起来。同来的船员刚说完，一个高大的女子已伸出手，把我脖颈一握，就拎到一个仅遮挡着一块布帘的隔间里。她干脆利落，肥胖的身躯压过来，我已不能呼吸，她趁机扯下我的裤子。我双腿一凉，从"毒雾"中回过神来，双脚一踢。她叫喊着，我也听不懂，把裤子一提，飞一般逃离，把其他还在挑肥拣瘦的船员留在那呼天喊地的房间里。我慌不择路，幸好离船近，我逃回船舱，浑身颤抖。

　　船舱彻底安静下来，这一趟，远峰号要在这个港口休整三日。整艘船好像只剩下我一个人，空，独占所有的空。我好像看到了那个姑娘——她和我有了婚约，而我尚未好好看过她一次，只记得她模糊的脸。她的脸还和刚刚压到我身上的那肥胖白人女子的脸重叠一起，我又再次陷入那如影随形的怅然：我怎么就到了这里？

我想在船上多学一点儿航海的知识，可这个心思不能透露，作为华人船工，有这想法都已经是越界和犯忌。我们只能当侍应生，当厨师、司炉工或油漆工，而高级船员、外国佬的助手，我们是没资格当的，更别说熟知航线、驾驶航船。船回香港，难得登岸，却并不能闲下来。偶有闲暇，恨不得全用来昏睡。有时从宿舍中爬起，看到房间空无一人，一种可怕的慌乱感冒出来，特别想家。此时，当然没法马上返回海南岛，我们得随时待命登船。实在乡情难抑，只能写一封家信。而父亲从老家寄来的信件，每一封都在强调，日本人对中国的动作越来越猛，世道越来越乱，千万别回去。父亲甚至在信里开玩笑一般说，若非年纪大了，他也想出去闯一闯。父亲的信，一次次浇灭我回家的热情，他说老家就剩他和母亲，怎么都能活得下去。有一回，公司提前通知有十来天的假期，我翻出父亲最近的来信，也没能把心里的渴望给浇灭，便立即做回乡的准备，可最终并未成行——一场席卷而来的台风扯住了腿脚。怪不得航运公司会放假，原来是那么大的一场台风突袭而来。台风肆虐时，我干脆申请守在船上。船就停在港口，该抛下的锚也全抛下了，可那场台风，仍旧要把船卷上天一般，摇摆晃荡，让人头昏。我没有躲在船舱，而是跑到甲板上，对着狂风暴雨怒喊。风雨肆虐了两天，我也疯了一般在船上嘶吼了两天。

我想学辨别方向、驾驶航船、熟识风与海水流向的技能，可远峰号上等级森严，我不能改变肤色和血统，只能在厨房张罗、在船舱收拾，当一个永远的下人。我很快就和其他船员一样，在憋闷的船舱内待久了，就需要一个发泄口，每到一处港口，我也开始跟着老船员们去寻找烈酒和女人。从那些女人摇晃的身上回到摇晃的船上，我也会羞愧，想起越来越模糊的那个"她"，不知自己怎么就堕落了。可愧疚没有持续多久，船抵达下一个港口的时候，仍旧压制不住内心的魔鬼。在远峰号上工作了四年多之后的一九三八年年底，虽然相比白人船员，地位极低，收入也不算高，但出海毕竟是特殊工种，收入比岸上的大多数工作要多些，又没处花钱，我也有了些积蓄。

　　我不愿长久在船上当下等人，合约到期后，我没有告知家里，便决定不再续签远峰号的工作。我想学一门手艺，就到一家技工学校报了名，学习修理发动机——我知道不能坐吃山空，也干点儿杂活。一九三七年的"七七事变"后，中日终于全面开战了——父亲一直的担心成了现实。父亲频繁来信，叮嘱我掐死返乡的念头。香港的各家报纸上，也整天报道各地的战况，国内的抗战极为惨烈。香港人也惶恐不安，好多人都在忧虑，如果日本人逐渐南下，香港的日子还能维持多久？英国人能不能守住他们的这块"殖民地"？那时的我极为苦闷，纵情酒色，在那些交错的街巷中游荡，有种过一日算一日的绝望感。偶尔想起老家那一张雾色般的脸，刺痛感已变得极淡。在一九三九年秋，我在一个当船员时常流连的酒馆偶遇了田华。两杯酒下肚，聊了各自状况，我谈及辞掉了远峰号的工作，他则对时局忧虑重重："日本人四处作乱，香港是一块肥肉，他们怎么可能只闻闻味道而不吃？"

"日本人会来香港？"

"肯定。不是连海南岛都去了？绕过了香港，是因为得考虑一下英国人。他们只在犹豫要怎么吃，但肯定是要吃的。"

耳边响起了炮火声。这是一个要炸毁一切的时代，全世界都鸡飞狗跳，还没有一点儿凉意的香港，也有了萧瑟之感。田华望着酒馆里喧闹的人群和外头拥挤的街道，说："日本人要攻进来，这好日子就没了，整座城都要倒掉。"我心慌起来："那怎么办？"田华说："还能怎么办？要么在战场上见，要么躲。照我看，还是得上船，到时城里枪响，船在海上，还安全些。"我说："可我已经……"田华说："有商船正在招人，你要想去，我帮你联系。"我不及细想，点头答应，静等消息。

　　此后不久，我接到了父亲的一封信。父亲在信里说，自一九三九年二月以来，日本人入侵了海南岛，战乱四起，此刻万不可冒险返乡，以免无谓丧命。父亲还在信中说，母亲已经病逝，他已经将她安葬……怎么，我还未有机会让母亲过上好日子，还没让她展露难得的笑意，她……竟然……我没法再读信的后面部分，恨不得立即跳入海中，朝海南岛游去。不知多久之后，我浮肿的眼再次看向父亲的信……他有了下一步打算——我在香港谋生、母亲的病逝，让他实行这个计划的时候没有了后顾之忧。父亲在信的最后，叮嘱我把信读完后立即烧掉，以免留下祸患。我哪舍得烧，老家寄来的每一封家书，我都裹着多层布，放在一个铝制饼干盒里，喂养我那些辗转难眠之夜。我在一个无人之所点了火，犹豫许久，也没能把那封信丢进火里——对我而言，要烧掉的不是信，而是母亲、父亲和海南岛。父亲在信中堵死了我的回乡之路，我读了一遍又一遍，直到可以把内容背下来。

　　日本人的炮火已在三尺外，我希望快些上船，觉得茫茫大海上，倒有难得的太平。可我消息闭塞，没想到海上也成了战场。那时第二次世界大战正酣，一九三九年九月，英国对德国宣战后，德国便在海上攻击同盟国和中立国的商船，英国的海上贸易损失惨重。人员不断折损，需要大量补充新海员，英国的多艘商船都在招募船员。中国海员的收入，也比此前要高得多，毕竟葬身海底的可能性增大了，可我并不清楚这一切。当田华到猪笼一般的出租屋找到我，递给我一张表格，吹嘘这艘船收入有多高之类时，我不假思索就签了合同，成了费尔曼号的侍应生。上了船我才逐渐了解到，费尔曼号隶属的商船队，直接由英国政府管辖，根据他们的需求和盟军的要求来确定航线与出航计划，往英国的海外部队运送军火，再往英国运回本土所需要的各种原料。除了五十名船员，费尔曼号还配备了十余名随船炮手。上船后，我有过疑惑，是不是被田华给"卖"了？他是不是为了中介费，把我当送死之人推给了费尔曼号？海浪翻滚，费尔曼号乘风远航，我已经没法揪住田华的胸口质问。我更没办法反悔，合同上摁了手印，三年的劳务合同。

　　听说这艘商船有可能会遭遇战事，我还涌起一点点不合时宜的兴奋与窃喜。我想到了父亲的那封信。在那封信里，年迈的父亲还豪气干云、奋不顾身地去战死，我作为一名船员——即使只是一个侍应生——又何惧与那些德国人在海上一战呢？来吧，德国佬！来吧，希特勒的爪牙们……只要拼过，丧生在炮弹下，总比坐等日本人杀到香港无辜丧命好。在费尔曼号的船舱内，我不时抚摸着那个铝制饼干盒，想和所有人分享父亲的勇敢，可我一个字也不能说，我吞下所有的秘密——表面上若无其事，肚腹内风云四起。费尔曼号上的英国船员对中国海员比远峰号多了几分尊重，因为在此时，我们还愿意和他们一起出航，从某种程度上说，我们就不仅仅是侍应生，也是同生共死的战友。

　　有了父亲那封被我藏入铝制饼干盒的信，

在费尔曼号上的心态和远峰号是不一样的，我总觉得，父亲与故乡离我近了，海上的颠簸再漫长，孤寂得只能望着船外风浪的日子再漫长，也没有那么难熬了。不时传来的全世界战场上的消息，打发着我们的单调时光。船上偶尔也会播放一些英文广播，我慢慢地可以听懂一些，也会零星说几句，有时揪住一些老船员，多磨几回，他们也愿意教教我。他们跑船跑了大半辈子，心里装满人生的惊涛骇浪，只要有机会，都憋不住，没有劣酒催迫，也哗啦啦倾倒——倒出欢笑与泪水，也倒出拍打肩膀与称兄道弟。

费尔曼号所航行的大西洋运输线，维系着英国的命脉，英国超过一半的战略原料和粮食依赖进口，而目前这条运输线上，德国的战舰已经虎视眈眈。费尔曼号曾多次从敌军的虎口脱险。有一回，费尔曼号在英国小港口怀特黑文港停靠，这一回所装运的是什么，我们普通船员无法得知，只是通知我们，不能上岸瞎折腾，得随时待命——有一个船员憋得太久，眼睛喷火，船一靠岸便闻着味道朝某个地方冲过去，后来差点儿被解聘。一个又一个大木箱往船上装载时，正是傍晚，霞光正好，每个人都觉得这是如往常般祥和的一天。突然，港口周围海面遭到轰炸，鱼雷击中港口的防波堤，顿时人人慌乱，震荡的波浪推得费尔曼号摇晃不止，木箱四处滑动，砸伤了船员，我的双臂也擦伤了。未等回过神来，防波堤的另一侧也响起爆炸声。幸好这两声之后再无声息。我们屏住呼吸，总觉得还会有爆炸声响起。后来听说，那两颗鱼雷的目标本就是费尔曼号，幸好准头有偏，我们才躲过一劫。而鱼雷是从何处射出的，一直是个谜，难道说，希特勒的船已经潜近英国的港口？在忐忑中闪躲了两天，公司安排同一天从港口朝不同方向开出多条船，用于迷惑对手。可总有人遭殃，在费尔曼号行到半途的时候，就接收到了消息，有一艘开往其他方向的船已被击沉，还有一艘已经联系不上，估计也凶多吉少。我们走到费尔曼号的甲板上，朝怀特黑文港的方向望去，哀伤且无能为力。

相比于大西洋运输线上的危机四伏，这些都算是小儿科，因为靠着港口，还来得及逃生、躲避，而那些航行在人西洋上的商船，没有靠岸的便利，没法得到空中的掩护，不出事则罢，一出事便是葬身海底。德国的潜艇深藏水中，没有人知道它们什么时候冒头，一旦看到它们鲨鱼般的背鳍，已到了临死之前。

即便海上已经如此危险，我也没有了退路，因为连香港也已沦陷。一九四一年底，太平洋战争爆发后，日本突然就空袭了香港，驻港英军迅速溃败，仅抵抗了十八天，在圣诞节当日的傍晚，港督杨慕琦宣布投降。而在日军进入香港的一年多以前，英国已经开始撤侨，那些血统纯粹的欧洲人，乘坐高级邮轮撤往澳洲；欧亚混血的，只能被送到马尼拉；香港的本土中国人，则彻底落入日本人之手。英国的提前撤侨，是其准备放弃抵抗的迹象，香港已经被英国首相丘吉尔在那个黑色圣诞节"卖"给了日本人——是的，香港毕竟不是英国的本土，他们才不会为此玉石俱焚。在船上听到香港沦陷的消息时，我知道自己已经无处可去，这个世界，只有费尔曼号是我的容身之所了。我还想起了田华，他是不是卖了我已经不重要，此时，他又在哪儿？他还活着吗？他是在沦陷的香港，还是也上了一艘船，成为一个在汪洋之上移动的"流民"？我只是一个蝼蚁小民，可时势逼迫我不得不去想：这个四处大战的世界，哪里还有一块和平的土地，能让人安稳地把日子过下去？转动船上的地球仪，或者盯一眼贴在船舱内侧的世界地图，没有一个角落不响着轰炸声，人类恨不得把栖身的这个地球炸得稀巴烂。费尔曼号所属的船务公司，在我的合约履行到三分之二的时候提出续约五年，我没有任何犹豫……我还能去哪里呢？我还能干吗呢？

　　继续在水上漂荡吧。

　　救命稻草般的费尔曼号，也是脆弱的。一九四二年年底，费尔曼号从南非德班港出发，这个港口是一八二四年在英国殖民之下建立的，拥有整个非洲最大的船舶吞吐量。费尔曼号前往荷兰殖民地荷属圭亚那的一个港口，一离开浅海，船犹如一粒微尘在汪洋中漂浮，你会觉得，船既没法抵达目的地，也没法返回出发地，会恒久地漂在这蓝色的中央。若非船身划开的水面有波浪在滚动，你会感觉船是静止的。

我打发漫长航行的方法，是抚摸着饼干盒里那些可以背出来的家书，回想海南岛上的时光。费尔曼号出航的十二、十三还是十四天的时候——是的，我已经不太记日子了，不再像在远峰号上那样，每天画一道线。那是午时之前，费尔曼号航行如常，我正躺在床位上——这舱房在费尔曼号机房上头，是船上最吵的一个"震源"，机房里的轰鸣与震动，让这里没法真正安静下来。因尚未载货，船吃水不深，速度极快，按照安排，船上的人正在准备换班。我听到同舱的轮机长的勤务员已到机房去了，大家都在按部就班。

这就是一切如常的一日。

轰——船身震动、倾斜，摇晃不止，我一个打挺从床上跳起。巨大的炸响声伴随着水柱在船舷外溅射，各种叫喊声响起，警报声、各种设备的撞击声交织在一块儿。我还没来得及站稳，又是轰的一声爆炸，我被甩开了。若非我跟父亲练过一些功夫，在摔倒时及时做了防护，搞不好已经在船舱上撞晕过去。这是深海，费尔曼号不可能撞上什么，那爆炸声也绝非寻常撞击发出来的……本能的反应是：肯定是潜在暗处的"德国鲨鱼"露出了嗜血的利牙，朝我们发射了鱼雷！船上有固定的演习时间，有些动作已经成为身体的本能，平时练功的优势体现了出来，我以自己都想象不到的速度，本能地抓住救生衣套在身上。

中了鱼雷之后，费尔曼号虽然没有直接裂成几段，但船身爆炸，火光冲天，浓烟滚滚，能把人熏晕过去。海水灌进船舱，船舱在海水灌注的巨大力量下，震动不止。幸亏我的舱房在机房的上头，位置较高，那些在舱底工作的，就算没被鱼雷直接击中，也已被灌入的海水直接吞没。我往外跑，和一些奔逃的船员撞到一起。来到了甲板上，我抓住船舷。浓黑的烟雾从碎裂的玻璃窗翻滚上来，困在下头的人发出凄厉的惨叫。一九四二年的上半年，大西洋航线上被德军击垮了数百艘船的传闻所带来的恐惧，都不及眼前的轰然炸响令人心惊。我想，再响一声、再来一颗鱼雷，一切就都结束了，可第三声轰炸没有再响起。好一会儿我才想明白，并非德军仁慈，而是法西斯在细品猎物的哀号。

还能跑动的船员，跟跄着跑到甲板上。船身上不时飞溅的什么东西击倒他们，只能挣扎着再站起，哇哇大叫。船身被鱼雷击中的地方，涌出一股股黑油，那是船的力量之源，是费尔曼号的血液。这黑色的血迅速被火焰点燃，来不及燃烧的，则流到了海面上。水面蒙上一层黑膜，油膜逐渐扩散。事发太过突然，由于惯性，费尔曼号还在往前冲，但后半截船身已经不断下沉，船尾泡在水中，船头斜竖起来，若非攥紧护栏，人会往下滑。船上没固定死的东西，则不断滑落，发出杂乱的声响。反应快的船员，正在驾驶室旁边解救生艇。船下沉的速度更快了，没任何犹豫的时间，我奋力往海面上跳。船下沉的旋涡几乎能吸入一切。随着旋涡沉入水中的时候，船身上甩出的各种碎片和"垃圾"不断撞击到身上，还没来得及感受那种疼，我就昏了过去。

不知道过了多久，十分钟？二十分钟？我无从判断。从某种窒息中缓过来后，我只觉得冷。我怎么没有被费尔曼号沉没的旋涡带进海水的坟墓？或许是我被甩开了？又或许，本来拽下去了，但旋涡缓和后，我又被救生衣扯上了水面？浸泡在海水之中，寒意袭来，身上被撞击的地方也在此刻扩散出彻骨的疼痛。救生衣让我即使没有划行也能浮在水面之上，我的眼睛离水面并不高，只能以极低的角度看到空荡荡的海面。接近一万吨的费尔曼号已经消失，而我离其沉没的位置已有数十米远——那团从船上溢出的黑油，离我有数十米。黑油不断扩散，变得稀薄，黑色成了灰色，又把太阳光反射出各种色彩。船上甩下来的一些较轻的东西，在黑油覆盖的那片区域随波荡漾：有破碎的木板，有变形的木箱，也有死去的船员。没来得及穿救生衣的已经随着旋涡掉入深海，穿着救生衣的都是一具具尸体，裹着黑油，甚至被烧成黑乎乎的一团。我头上脸上黏着的黑油，在中午阳光的暴晒下极为炎热，而没法抽离水面的身体，则冷刺入骨。除了靠天空的太阳还能稍微辨别一下方向，人根本没办法在四望皆蓝里找到一个可以去的方向——你没办法知道，往哪边可以离岸更近些。

　　我羡慕那些先我死去的人，可以不用跟我一样面对这一刻。我奋力往水里潜，想让自己溺死，但救生衣的浮力又把我拽了上来。我喘着粗气，好久后才平复下来……我朝一块木板划去，抓住后，翻爬两次，趴在木板上，让自己省力地漂浮起来，也让身体不那么冷。就在这时，我听到了呼喊声。声音支离破碎，又是英语，我听不太懂。在木板上转了几圈，才发现一百多米外有一只从费尔曼号上掉落的救生筏，上面坐着三位船员，声音就是他们发出来的。他们的声音近乎绝望，在嘶吼，又夹杂着呜咽，远远看去，他们像在扭打，又像是在相拥。我也喊起来："Help！Help！"可这声音，在海风、海浪的夹击里，能不能传出去呢？我加快蹬腿的速度，想快些赶过去。

进一米退三米，波浪把我往后推。浪越来越大，荡起的海水劈头盖脸砸过来，往我的口鼻灌。我不得不停下来，看着这忽然而来的大浪。我猛地看到，在救生筏更远处，海面上慢慢浮起一根细长的东西，海浪正是从细长的东西那里奔涌过来的。细长的东西继续升高，那是潜艇的望远镜—— 一艘巨大的潜艇浮出水面，由于长期浸泡在水中，它颜色深黑，加上背光，犹如一头海怪，带着摧毁海上一切的压迫感。露出水面的潜艇，没有给三个船友喘息的机会，一处机枪口嗒嗒嗒一阵扫射，三人没来得及反应，连惨叫也没发出，已被击中，掉入海中。潜艇缓缓下沉，缩回它细丝般的望远镜，退到海水深处。潜艇下潜带来的波纹归于平静，整片海面只剩下那种恒久不灭的轻微荡漾，那种死寂般的荡漾。没有意外了，现在，我是费尔曼号唯一的幸存者了。

我想到潜艇上的望远镜，想到望远镜的那头站着一个观测的德国兵，军官站在一旁，而那个观测的士兵，在看到我挣扎的时候，回头跟他们说了什么，他们哄然大笑，被围在中间的军官缓缓摆手，让潜艇下潜——正是这想象出来的画面，让我没有立刻去死。你们不是认为射击我会浪费几颗子弹吗？那好，我就熬着，熬一会儿是一会儿，熬破你们的期待。这想象所带来的动力，催促我抓紧木板，朝三个船友刚刚死去的那只救生筏游去。我很清楚，如果找不到一个可靠的栖身处，我肯定没法活着见到明天的太阳。目标定下之后，才发现在海上所有的目测都是误测，我以为距离不过一百米，真正游起来，手脚都要累断掉，身体越来越冷。我体内的能量积蓄已经全都耗尽，一旦游动起来，我就疲乏得要呕吐，可还得游。等我真正爬上那只在海浪中看起来时远时近的救生筏时，已经接近傍晚，这一刻，残光尚未散去，海面被某种阴森森所笼罩。靠近救生筏的时候，看到那三具被击毙的船友的尸体，我想过去看看他们的脸。我游近了，伸手抓住一具尸体，一股血液混合海水的腥味袭来，我又要呕吐，可肚子里已经没有什么可以吐了。

让救生筏浮起来的是六个防漏桶，三个一组，并成两排，组成一个近乎边长三米的正方形，防漏桶上焊有大金属扣，粗大的绳子套过去，把它们连成一个整体；两排防漏桶上，铺着三米长一米宽的木板，形成两排"甲板"，两排"甲板"中间，还有一处三米长一米宽半米厚的凹陷，底下有钢条焊死，把防漏桶拼成一个整体；钢条上也铺有木板，用于栖身，要比坐在"甲板"上安全，这凹陷处底下也铺着木板。当然，这并非是救生艇，几个防漏桶外并没有包裹船身，海水随时荡到凹陷处的木板上。无论如何，我可以歇息一会儿了。这一番逃生后，被撞击处的疼痛，在此时爆发出来，手臂、大腿，都有撞伤和擦伤，经过海水的浸泡，伤处颜色变得很怪异。

　　平复一下心情后，我在暮色降临前观察起这只救生筏。"甲板"和防漏桶之间有夹层。一侧的夹层是一个铁桶，桶是深绿色的，用黄色英文涂着"WATER"——是以防不测用的淡水。铁桶的盖子旁，还挂着一个金属钥匙。我取下钥匙，找到孔洞，一插一扭，盖子打开了，里头正是淡水。刚准备伸出手捧一点儿来饮用，才发现手上全是油污，我只能在身上擦拭擦拭，再在海水里洗一洗。不知道是呕吐过度还是这水因封存太久而有异味，但此刻已经顾不得了，这就是能续命的圣水。翻看另一侧的夹层，揭开金属容器的盖子后，一边放着四只手臂粗的圆筒，包裹着防水纸，这东西虽没用过，但在船上多年，也见多了，这是信号弹；另有一个小一些的，也裹在防水纸里，揭开一看，是手电筒……这些都不是我最急迫的，我需要找到食物。果然有，是罐头。我长长舒了一口气，也顾不上数有多少，至少，我暂时不用忍受饥饿了。

　　取出一个罐头吃掉，我根本不知道吃的是什么，可能是压缩饼干，也可能是肉罐头。味道不重要，我也无心辨认。夜色渐起，周围变得深黑，几平方米的救生筏漂荡在海上，天知道能不能熬过今晚。木然地吃着罐头里的东西，想起费尔曼号上的晚餐，竟觉得十分遥远——在费尔曼号上，晚餐后是一天里最闲暇的时间，所有的按部就班，在此时都变得松懈，即使尖刻的船长、大副，也开起玩笑，他们甚至会跟你碰杯。在那时，船上虽不能说是灯火辉煌，却也是大海上一座移动的宫殿。而这一刻，所有船员已经跟费尔曼号一起永远留在这一片海域，唯有我一个故乡远在万水千山外的中国人，坐在这浮萍般的救生筏上。

　　救生筏并不平稳，海浪高时，会把它甩起来，而我只能蹲坐在中间的凹陷处，以免被甩到水中。仰望夜空，能看到一些零碎的星光，但太遥远、太细小了，周围是巨大的黑。我想到了手电筒，可我知道，那是应急用的，什么时候遇到路过的船只，它也许能救我一命。太阳在白天把一些海水蒸发,到了夜里,这些水汽飘在海面上,有着刺入骨髓的冷。我脱下长裤,把一只裤腿在左手腕上打个结,另一只裤腿绑到救生筏的一块木板上,防止浪大时被甩到海里。那是一个怎样的长夜啊,时而冰寒刺骨,时而酷热难当,我靠在木板上,在这冷热交织里心潮澎湃,没法睡去。我一会儿希望突然袭来一个浪,把我彻底吞噬;一会儿又心想,什么时候来只鲨鱼或巨鲸,让我结束这无边无际的心潮起伏。

不知道过了多久,天亮了。我解开绑在手腕处的裤腿,在救生筏上站起来,让筋骨松一松。身体蜷曲了一晚,我得让它醒过来。站到一侧,救生筏就不稳,一边高一边低。我要么站在凹陷处,处于救生筏的中央;要么把两腿分开,劈腿站在两侧的"甲板"上。我得想一想,今天能做些什么。太阳刚出来不久,可日光将会变得越来越强,几乎能把人剥掉一层皮,我总不能在日头最盛的时候一直泡在海水里。

我翻看金属储物箱,从里头翻出几捆帆布

来，每一捆都卷在一根木棍上。这帆布有什么用？我查看救生筏，发现救生筏的四周都在铁桶上焊有插孔，大小正好和木棍的一头一致，也就是说，这些木棍可以立在救生筏周围，以帆布围裹，对救生筏形成保护，既防晒，也防止风浪大时把人甩到海里去。日头越来越高，天气越来越热，我已经快被晒晕，只能喝几口淡水缓一缓。把长棍插入插孔，下头还有卡扣扣住，帆布上的挂孔，也正好可以把帆布挂上，这样就把整个救生筏裹了起来。还有两三捆帆布，或许是备用的，我拿出一块，挂到顶部来遮阳；另有一块，我想办法悬挂于救生筏的凹陷处。说来并不难，但安装的过程中，只要我压在救生筏的一侧，救生筏便会摇晃，再加上海浪从未有一瞬的止息，有好几回，我几乎要滚到海水中。到了中午，才把帆布基本安装好，可以让我在这救生筏上暂时躲避一下烈日的暴晒。海面毫无遮挡，阳光直逼而来，悬挂的帆布并不能完全遮阳，但比直接照射要好受得多了。实在受不了时，我只能扶住救生筏，下水泡一泡再爬上来——这降温法，无异于饮鸩止渴。

为了保持自己的时间感，我用那个罐头盖子的锋利边缘，在木板上画"正"字。这是第二天了，我画了一横，接着一竖。日头悬到中天，我再次取出一些食物来吃。我估算，以目前的水和食物的量，正常饮食恐怕撑不了三周；要是省着点儿用，仅维持活着的状态，可以再多熬个十来天。淡水的来源，只能依靠老天下雨补充；而食物，似乎可以想想办法，毕竟，大海中最不缺少的就是鱼。

被海水浸泡又不断被海风吹拂的身体，黏糊糊、瘙痒，一伸手去抓，就再也停不下，缩回手指，瘙痒会疯狂反击。可又不能一直挠抓，否则肌肤见血导致发炎，我的日子恐怕更加难过。可瘙痒就是这样，手指安抚一下，它们就安静了，越是硬撑着、忍着，它们就越疯狂进攻。除了在救生筏上练练拳脚功夫，我也会时不时静坐，这是保存体力、减少消耗食物和淡水的最好办法。有时，看到哪片海面上有乌云遮盖，我便试图让救生筏漂过去，希望雨水能落下来，但很少能赶上。要么赶过去，云却散了；要么，那看起来很近的云，远得超乎想象。

我只能把目光放到救生筏上，看看有什么工具是可以利用的。在金属箱里捆绑固定帆布的那根绳索，我准备用来代替裤子，连接我和救生筏，以免风高浪急时，我被甩离救生筏。费尔曼号是货轮，没有什么客人需要面对，但因为高级船员们都是英国佬，各种仪式烦琐得很，我当侍应生，制服得收拾得整整齐齐，点头哈腰更是少不得。此时我一个人在救生筏上，没有了这些约束，不穿裤子也没什么难看的，可白天强烈的日光晒下来，裸露的大腿会被晒得脱皮、红肿；到了夜里，水汽弥漫的海面又变得寒凉刺骨，没有一条裤子防护，熬不下去。

我没有学过洋流知识，船上的高级船员也不可能教我，我搞不懂救生筏最终会随着这片海水流向哪里。或许，当人们发现这只救生筏的时候，我早已不在了吧？又或许，直到这只救生筏彻底沉没海底，也不会被人发现！有一次，我从帆布的缝隙中往外一瞧，猛然看到了高楼重叠，莫非漂到哪个海岸边了？我几乎是弹射起来，把头探到帆布外一看，哪里有什么高楼，仍是茫茫大海——幻觉已经出现，我苦笑不已。出海的人都知道：看到海市蜃楼的人，很快便会丧生海底。

海上水汽充沛，雨水也频繁。第五天，我就遇到了一阵急雨，哗啦啦劈头盖脸而来，庆幸并没有伴随着狂风，头顶的帆布很快被积累的雨水压凹，我一顶，把雨水顶出去了。掀开头顶的帆布，我脱下衣裤，让雨水劈头盖脸打下来。我在雨水中呼叫，我喊给自己听。雨水冲刷身体，我感到前所未有的清爽，费尔曼号沉没所带来的积郁也消散了一些。我还用双手捧着雨水，狠狠地喝了几口——这是五天来我喝过的最干净、最没有异味的水，我还刷洗了一下围裹着救生筏的帆布。等我回过神来，意识到应该接一些雨水补充到水箱里之时，雨已经停了。

这天夜里，天出奇地黑，我不自觉毛骨悚然。我已经不得不适应大海的无边无际了，可这黑仍然让我感觉到恐惧——一种单纯的黑带来的恐惧，一种没有任何光线的恐惧。我忍不住掏出手电筒打开，一束光猛地亮起，眼睛受到刺激，泪水瞬间就要冲出来。我把手电筒的光对准海面，没一会儿，竟真有一些游鱼过来，甚至奋力一挺，跃出水面，朝手电筒的发光处撞过来。我本能的反应是往旁边躲。跃上来的鱼，被救生筏围裹着的帆布给挡回水里去了。我立即把手电筒关闭，冒着黑摸索了好久，掀开其中一个方向的帆布，喘了口气后，再次打开手电筒。一会儿，游鱼又过来了，它们朝光跃起，但力道有限，才跃出水面便落了下去。手电筒的光再次射向水面，不一会儿，又有鱼跃过来，却并没有直接冲到救生筏上，它们好像猜透了我的心思，一次次跃起，却并不往救生筏上跳。

费尔曼号失事后，我在救生筏上没有真正睡过。有时脑袋充气一般涨起来，脖子都要支撑不住了，可即便困成这样，即便水面平缓，甚至是微风习习、暮色渐起的傍晚，我也没法进入真正的睡眠，脑子里的念头始终万马奔腾。在救生筏上，身体并没有什么劳作，但也并未真正休息。对于它来说，只要人是醒着的，那就是"劳作"；只有睡去，才是真正的"休息"。认识到这一点之后，我有了更深的睡眠焦虑，想逼迫自己入睡，可越是这样，越是没法睡着。为了让身体得到休息，我还是得用上父亲教我的打坐。真正摁住那四起的念头，是没法做到的，那就任由其四处乱窜吧。很奇怪，当我完全放任，让躁动的妄念蹦来跳去，它们反而在没有压制的情况下变弱。有那么一些瞬间，我感觉救生筏消失了，救生筏之外的海也消失了，我进入到一种无比澄明之境……在那里，我没有恐惧、没有欢喜，也没有了对故乡、对父亲母亲的牵挂，一切都空了；那片浩大无边的海，并不在我的身体之外，而是在我的心里。这种澄明的感觉，出现的时间极短促，电光石火之间便已消逝，我仍然回到眼前的救生筏上。

第八天的时候，遇到了一场不小的风雨，我再次在雨水中狂欢。雨水在帆布上累积成一汪汪，我用空罐头盒子往水箱里灌。装满之后，我还不甘心，把那些空罐头盒也装满，当然，救生筏的每一次摇晃，水都会洒出去大部分——也不管了，剩一点儿算一点儿。接着，我不断用双手接水喝，一直喝到反胃，实在咽不下了才停。跟雨一起来的，是风，它把救生筏吹得晃荡不止，我就算扶住围裹帆布的木棍，也没法站直。我不怕，一根绳子把我和救生筏连接在一起，就算死，我也要死在这只救生筏上，我不想被压入幽深的海底。风雨过后，是一片辉煌的晚霞，整个天空被染成灿烂的橙红色。我出海多年，看过太多次海上的朝阳与落日，可从未有哪一次天空可以辉煌成这个模样。我不是读书人，更不懂写诗或唱歌，可那一刻，我竟然涌起难以说清的冲动——我很想念出两句诗、唱出几句歌，来赞颂眼前的一切。我甚至在那一瞬想到，若是有神、有上帝，他肯定能以俯瞰的目光，看到这辉煌天空下，海面刷着一层金漆，一只救生筏上，一个衣衫破碎的人在随波浮沉，驶向未知。他一定会把我当作他最忠实的信徒。也就是在这霞光万丈中，我看到了航船。起初，我还以为是幻觉，还以为这辉煌背后是海市蜃楼的登场。我狠狠扇了自己两巴掌以证真实，疼痛过后，那个在救生筏右前方的巴掌大的黑影，仍在海面上缓缓移动。我无法用肉眼判断距离有多远，但我可以肯定，如果这艘船朝我驶来，几分钟就能遇上。我用尽全力喊道："Help！Help！Help！"喊几声后，我才想起金属箱里还有四发信号弹。

信号弹在半空炸响，大团浓雾冒出。等了好一会儿，我看到那艘船并没有改变方向。我立即来第二发，可老天开我的玩笑，这一发毫无反应，这发信号弹竟是坏的。来不及犹豫，我再次拿出一发，对着那艘船的方向射出，辉煌的天空立刻浓烟滚滚。我忐忑地望着，好一会儿之后，我感觉那艘船不再移动了；再一会儿，那艘船在我的视线中逐渐变大。我兴奋地喊叫，还打开手电筒，朝那艘船摇晃。船越来越近，我看到了船身上的字母——USA，船上悬挂的是蓝红白的星条旗。我很确定，那艘船上的人看到我了，我不断地朝那艘船挥手……可是，船停住了。我焦急起来，想发出最后一发信号弹，却又想给自己留着。我确定船上的人能听到我的声音，可它没有再次向我驶来。我想立即跳下水，朝那艘船游去。那艘船没有要搭救我的打算，它掉转航向，再次在我的眼中变小了。他们……怎么能？我绝望地望着那艘船逐渐远去，天边的辉煌之色逐渐暗淡，陷入黑灰——那绚烂晚霞，并非上帝的赏赐，而是无情的嘲弄，他撩起我的希望又狠狠地掐死。

经过雨水的补给，淡水还能坚持一段时间，可食物却只消耗不增加，不管怎么省着吃，也要耗光了。胡须已经冒出，身子愈加消瘦，此前由于练武还算强健的手脚，已可以轻易地摸到骨头。摧毁我的，除了淡水、食物、碧海，还有内心的不甘。当我在救生筏上画完第四个"正"字时，总算找到了钓钩。手电筒的电量越来越弱，我无意中拧开手电筒的尾部，发现了一圈顶住电池的弹簧，立即兴奋起来。这弹簧拆下来，稍微调整，就可以做成鱼钩。有了鱼钩，接下来则是钓线。我把目光望向连接我手腕和救生筏的那根绳子。我把绳子解开，抽出多根细线，再把绳子系回去。还得找鱼饵——罐头里的东西恐怕都不行，没法挂到钩上，还未入水，已然散开。救生筏下常常围绕着一些鱼，原来经过这二十几天的浸泡，底下的防漏桶上已经附着了藤壶以及各种贝壳，那些鱼，就是被这些附着物吸引来的。我立即取出一片罐头盖，跳入水中，铲刮藤壶，它们的肉正好可以挂到鱼钩上。藤壶壳剥开的瞬间，我闻到了那种带着咸腥味的气息，忍不住吸了几颗，清凉的肉滑入喉咙。我不惯生食，可已被压缩食品逼到极致，竟觉得这是无上的美味。钓鱼最忌急躁，而我有的是时间——我唯一有的，就是时间了。我陆续钓上了三条鱼，都不大，也就三四指宽，但这只是开始。锋利的罐头盖再次出马，化身为刀，刮鳞、切肉，我吃到了肉。吃不完的，杀好悬挂在救生筏上，让烈日晒、让海风吹，很快就成了鱼干。捕到了鱼，我也会用一些鱼肉当鱼饵，用以再次钓鱼——我总算有了一个可靠的食物来源。

在此后的第四十天、第八十六天，我还有两次获救的机会，可仍然没人对我施以援手。第四十天的时候，是一个早上，一架直升机从不远处飞过。有直升机，至少说明附近不远处有大船，我发射了最后一发信号弹。我不确定那架直升机有没有看到我，它沿着自己的方向轰鸣着离开了。第八十六天的一个午后，黑云压来，海风汹涌，暴雨将至。又有一架直升机过来，经过前两次的打击，我已经对救援不抱任何希望，我也没有信号弹可发射了，只能呆呆地望着。很显然，飞机发现了我，并且，它在试图靠近我。它飞过来，从救生筏上空掠过，但不知道是暴雨来临前海风太大还是什么原因，飞机绕了救生筏几圈后，又飞走了。

　　某一夜，月光盈满，海面荡漾着乳白色，可以看到很多画面。可眼前空荡荡，我能看什么呢？什么都没有……等等，那是什么？远处的海面上凸起一团黑影，那是什么？我双手划动着，想朝那黑影而去。那浮起的黑影是什么？一座岛、一条船、一只巨型大鱼的脊背？不清楚，也不知道距离有多远。我只是想朝那个黑影移动，我甚至跳下水，双手扶住救生筏，双脚蹬水，以拉近和黑影的距离。当我累得再也蹬不动时，也不知道救生筏到底移动了多远，我抬头再次看那黑影……可，什么都没有，黑影消失了，或者说，它从没存在过。我爬上救生筏，浑身疲乏地躺着，还不甘心，闭上眼睛，然后猛然睁开，看那黑影会不会再出现……反复数次，都没有，没有黑影——没有一座岛、一条船或一只巨大的鱼。

　　我尽量让自己的生活变得规律，清晨正常起来，进食、饮水也尽量定时，早上一次，傍晚一次，让身体在极限条件下保持运动机能。其他时间则花在寻找食物也就是钓鱼上。钓上一条就够我支撑一两天，鱼血再腥也不舍得浪费。只要天气没有极端到持续一两个月不下雨，我就还是有机会补充到淡水。我甚至想，只要救生筏不散架，我可以一直活下去。头发与胡须像施了肥，以前所未有的速度生长，海风吹拂之下，每一根须发都硬得犹如钢针，摸上去能把手掌扎出血印。又过些日子，须发更是裹满了盐分，盘根错节，结成硬邦邦的一块。脸与脖子被风中的海盐一层一层涂抹，摸上去黏糊糊，变硬之后，几乎可以从脸上揭下一层海盐面具。

最难对抗的不是饥和渴，而是月光，尤其是那次月夜里遭遇那团虚幻黑影之后，每个月夜都特别伤人。月圆了，便知道是中国历法里每个月的正中间，月色把海面刷上一层乳白，连绵的波光一直闪烁。在这海上，每个月色盈满的夜，我都被深深刺痛。让人抓狂的思念，在这样的夜里泛滥，好几次，我在海里看到很多熟悉之人的面孔，他们在海水的深处雀跃、欢腾，我很想加入他们。我真的往海里跳了，陷入海水里的挣扎又让我清醒过来。若不是那根绑在手腕上的绳子，我已经在月夜里溺亡。月光还会勾带出身体的欲望，是的，我跟着那些老船员，在某些港口的烟花柳巷里享受过身体的快感……当月色盈满，体内的欲念也如大海之潮，被那遥远的引力所左右。在救生筏上，我不会主动寻死——即使是风雨大作，我也要与之搏斗——却好几次几乎丧生于月光，丧生于它的柔媚，丧生于它柔媚背后的决然一击。

除了朝阳、落霞、月色以及虚无缥缈的海市蜃楼，我也见过一群海豚互相追逐，从不远处跃出海面，随即落入水中，又再次跃起……我的第一个念头是捕捉一条海豚当食物，那足够我支撑很久很久。即使遇到巨鲸或群鲨，我的恐惧也有边界，它具体可感，不像心无所附时的巨大虚无感。它们的出现，说明这片海不是死寂一片，在我的不远处，生存着无数生物，我并不寂寞。那种天地之间只存我一个的死寂，才是最为可怕的孤独。

只要雨水能及时降临，我觉得自己可以永

远活下去，现在已经没什么能把我打垮了。在第一百零二天的时候，一场突然到来的风雨，让我的水箱得到了补充，而我多日里钓上来挂着晒干的鱼，则由于收拾不及时被打掉了大半。当时我根本没想到，这场风雨后，会迎来漫长的枯雨期——或许雨并不枯，而是我的好运气已经用完。当水箱存量不足三分之一的时候，我慌了；还剩下不到十分之一的时候，雨仍然没来。附着在防漏桶上的藤壶，大多已经被我抠下来了，藤壶的汁水也带着咸味，不是淡水，可这几乎是唯一的"淡水"来源了。在第一百三十五天的时候，箱里的水已基本上耗尽——说基本上，是因为还留着几滴，保存着我最后的希望。我喉咙冒火，整个人也只剩下皮包骨，头发和胡须更长了，如一具须发飞舞的骷髅。第一百三十九天，我把最后几滴水喝完了——再不喝，我就得立即死。我亲手掐死最后的希望。

　　我纯粹是靠意念在熬着。德国佬想让我死——那我不能死；商船和飞机见死不救，想让我死——那我不能死；日本人侵入了整个中国，我有家不能回——那我不能死；父亲在一封封信中告诫我，要活着——那我不能死；我还有婚约尚未履行——那我不能死；我还得找到昔日的船员伙伴，和他们一起到港口去狂欢——那我不能死；我既然已经在救生筏上漂了一百四十天，我肯定还能活着——那我不能死……我几乎站不起来了，钓鱼也成了奢望，一直保留未动的最后两盒罐头，我有没有力气打开都成了问题。我不断用幻想来填充难熬的每一秒。

我终于看到了丰沛的光明，闪耀在幽深洞穴的尽头，我需要走过这黑暗之海，抵达那无上的光。虚弱的我，看到了木帆船，我没法判断那船有多大、有多远。它是来度我的吗？或许，我回到了海边的故乡？我没力气呼喊，我也不想呼喊，眼前这片没有那么蓝、有些浑浊的海域，在我眼中如此不真实，这肯定是海市蜃楼，是我的幻觉，是我临死之所见、之所想。可那木帆船还在逐渐向我靠近，船上有人，那是普通的渔船，船员是什么国家的人，我不知道。我终于用尽所有的力气，好像喊出来了，却又没发出任何声音。帆船上的渔民好像过来了，又好像一动没动；他们好像在交头接耳，又好像一言不发。我知道，画了二十八个"正"字后，我越过无边的苦海，逃过了死神的追杀。

……

五

望海堂只剩下半截地基，显示着那里曾存有过一栋建筑。这座老房子损毁于 20 世纪 70 年代初期的一场大台风。它本是中华人民共和国成立前多个村子共同修建的私塾学堂，台风摧毁前已经荒废多年。望海堂的倒塌，也让不少人的记忆被抹除，他们不再记得，周边的子弟曾在那里读过几年书。方延后来定居美国，午夜梦回，有些声音在耳边缭绕："崎岖万里天涯路，野草荒烟正断魂。""天涯万里，海上三年。"都是当初望海堂的先生常念的句子，方延少年时不解其中意，随着年纪渐长、阅历渐多，他逐渐了解到这都是古时流贬海南岛的罪臣写下的。他们关山万里到了海南岛之后，都有难以再返中原的绝望感。他更知道，和古人相比，他被流放得更远。他去美国的大型图书馆，在那里的中文区翻寻旧报纸，想找到一些关于望海堂先生的消息。根据先生的姓名，若真是对中国革命有贡献，当年上海、北京的一些报纸或许会刊登相关消息。他并非历史研究者，更非索引专家，哪能随意翻寻，就能在某张旧报纸的某个角落"碰巧"找到某个人的讯息呢？更何况，那先生真名为何、化名叫啥，也难说得很。

方延总是抑制不住想象先生最后的时光：北上之后，他积极投身革命。或许，他从事的是有些隐秘的战线。在那些生死搏杀中，他见到了人性的坚贞与背叛、见到了光辉与黑暗，他最后的死，义无反顾又无比悲凉。又或许，他是某个先锋队的队员，冲杀在战场的最前面，他会吟诵着各种慷慨的诗句，鼓动队员们的士气，和敌人同归于尽。他是在准备赴死的最后一刻，给方延的父亲写出那封信的吗？那封信，是不是也鼓动了方延的父亲后来做出了同样的事？方延甚至会想，后来人在历史书上看到的某些著名事件，背后会不会就站着曾在他故乡的海边待过的这位先生？

这些想象，总是让方延的夜变得无比漫长。他有时会冒出奇怪的想法，在海上漂荡的一百四十天，会不会反而是他内心最"简单"的日子？那时，时时刻刻面临死亡，想的只有怎么活下去，任何其他念头都得靠边站。人在那时反而简单，也更容易逼出生命的某些潜能——至少，坐在那只从未有一刻静止的救生筏上，有好几回，他有了入定之感。不管是霞光铺满的傍晚，还是无星无月的暗夜，他都体验过那种极致的宁静。他没法讲清那是什么感觉，只是觉得，所有苦难和即将到来的死亡，并没有那么可怕。而那，正是父亲一直叮嘱他的，无论在什么样的境遇下，都不能把功夫落下，它们在关键时刻可以救命。

父亲是早已参透了命运的秘密吗？

方延从望海堂的断墙走出，直抵海边，不过三百米，大海距离村子远比记忆中要近。根据堂兄方振成的说法，当年所有人都绕开不提的望海堂，近两年反而成了香饽饽，当年出资修建过学堂的村子，都争着把这块地基划归自己。每个村都能列举出很多证据，来证明这块地的归属，有些村子还因此发生了械斗。方延在海边站了许久，数十年来，哥哥没回来过，也不再有家书口信，其在南洋的行踪已经不可考；他的姐姐，感慨娘家凋敝、旁人话多，每次回来都听到"绝户"之类的风言风语，心里触痛，病逝前好几年便已不在娘家村子露脸；方延自己以后身葬异国，几乎也是板上钉钉的事了。计划中的探亲之旅已接近尾声。一场家族内的酒席之后，当着族人的面，借着酒劲，方延指着那少年时期的家，说："我想把倒掉这间房的宅基地拿出来，交给我们族里处理。我爸我妈早已不在，我哥哥那么多年没任何消息，我现在成了'美国人'了——这话好像不太好听，我总是流着中国人的血、流着我们海南人的血——但要说我会回来把这块地用起来，几乎不太可能……我若还有那么一两次回来看看的机会就很好了。所以，这一次，在走之前，我想把这问题给解决了，不能把它变成一个遗留，造成以后的争来斗去、亲人反目。"

"我知道村里的习俗，谁家的房子也没人敢去占，怕人家的祖先还荡在那里，即使给你住了也不吉利。但一旦到了地不够用的那一天，那可就是……所以，我甩手走了，就是给族里埋了一颗雷，不清楚什么时候会爆。"方延自口袋掏出一张纸，"我写了一张委托书，现在当着大家的面，把这块地的处置权全权委托给堂兄方振成。振成哥在我们家族里有威望，做事正直，我想，他一定能把这事处理好。"方延把摁着红色手印的委托书，交到方振成的手中。方振成苦笑不已，"你这不是给我挖坑吗？"方延说："是坑也得跳，免得以后你死我活，兄弟成仇人……"方振成只好挺挺胸脯：

"首先，感谢阿延的信任，把这么重要的事委托给我。大家都看在眼里，这房子倒塌多年了，任它烂在那里，人家觉得坏了风水，以为我们方家这一支要绝户了。现在阿延主动提出来，那就容我们族里的户主商量商量，给出个方案，最后我来拍板。是划分给族里居住条件最困难的，还是留着当作族里的公共用地，再商量看看。现在委托书当着大家的面交给了我，以后我拍板时，大家就不要争来争去了。反正，至少我可以做到不占任何一点儿便宜。"或许是酒后，大家满腔热情，都跟着鼓掌与呼喊，没有反对的声音。

方延算是卸下了最重的一个负担。待方振成讲完坐下，方延又递过去一张纸条，说："还有一件事，可能得慢慢来。前两天，你说我们方家的族谱，已经是十几年前修的了，按照以前的记录，我这一脉到我这里可就断了。现在情况有变，我又活了过来，还有了后，我把儿孙名字都写在这里，哪一天族谱重修，可得帮我把这一脉续上，也算我们方家人在海外开枝散叶。"说着说着，方延眼睛已然泛红，族谱重修，非一人一户之事，牵涉深广，他能不能有机会在海外翻看那犹如链条一般绵延的族谱，已是未知数。方振成拍拍胸口，仰头灌了一口米酒，说："你说说，你在海上漂了那么久，是怎么活下来的？又是怎么成了美国人的？"方延心头一紧，不知如何说起。

　　……救起方延的，是一艘巴西的渔船。渔船返航，数日后回到巴西的北仑港。方延缺水少粮，身体已经逼近极限，陷入深度的安静，感觉到了祥和。重新有记忆时，已经在渔船上了，多个渔民围着他转，口中叽里咕噜，说的并非英语。后来才知道，那是巴西人说的葡萄牙语。交流只能用手比画，幸好比画喝水、吃东西，全世界通用。那些渔民见他长发披肩、胡须浓密，身体瘦小到几乎只剩下竹竿般的骨头，知道他已然在海上漂了太久，都好奇他到底经历了什么，尤其是发现他有一副东方面孔之后。

　　在渔船上，方延的情绪波动极大，他有时长时间地静默，有时又狂躁起来，在船舷边眺望，不知道在期待海里出现什么。渔民们的归航登岸之心，比方延还要急迫，他们太想第一时间找到能与方延交谈之人，好了解这背后的故事。登岸之后，北仑港接到渔船的消息，找来了一位懂英语的巴西官员，前来询问，发现方延并不懂多少英语，零星的几句常用语之外说不出个所以然来。当然，倒也问出了他来自"China"。方延被安排在港口不远的一个医院观察治疗。几天后，巴西那边竟然找来了一位华人，祖籍福建。听到熟悉的中国话，见到熟悉的面孔，方延泪水决堤。方延把经历一五一十说出，那位华人还找来了一张世界地图，按方延所说的费尔曼号出发地与目的地，盯着那片放大之后近乎无边无际的海域，无法想象有人能在那种情况下存活了一百多天。

　　消息传开，很快巴西的英国领事也来了。费尔曼号几乎悄无声息地失联，现在听说是遇到潜艇的袭击，而且还有人存活了下来，英国方面也极为重视。在英国领事的安排下，曲折辗转，他飞往伦敦。一路上，还安排了不知道是什么方面的人对他进行采访，方延讲得迷迷糊糊，翻译和记录的人也未必多认真。方延不知道自己的事迹，会以什么面目被转述。接受采访时，他最心烦的一点就是，当他平和而坚定地说出一切的时候，那些西方记者总是满脸质疑，不相信一个中国人能在海上存活那么久。方延知道，那纯粹是人种上的不对等、是肤色上的歧视，不是他打赌发誓就能改变的。

他只觉得累。

到英国后，英国国王乔治六世接见过他，把他的不屈求生和与费尔曼号的合同，当作英国的民族精神加以宣扬；乔治六世还给他颁发了一枚英帝国奖章……他特别恍惚，我一个中国人，怎么成为英国精神了？方延读不懂英文，后来才知道，英国的报纸把他塑造成从希特勒的攻击下逃出生天的英国勇士。希特勒吹嘘他强大的海上军队是无所不能的，可英国船上的一位船员，却以超凡的勇气和意志，冲破法西斯的恐怖死途——在正面战场上，世界人民也会最终击垮那邪恶的力量，在战争之海寻出一条坦荡的归乡路。再后来，出于对英国报道的回击，德国的一家报纸以嘲讽的语气说英国已经苟延残喘，只能靠着一个虚构人物来建立虚假的信心，这种虚假，最终将倒塌在德国的铁蹄之下。悲哀的是，即便有了各种嘉奖，英国方面并未考虑给方延一个身份——他们需要他的经历，不需要他这个人。

有一次，一位前来探访他的华人带来了国内的一堆报纸，《申报》《大公报》《南华报》《甘肃民国日报》《滇西日报》《淮上日报》《国际新闻周报》等，上面都有关于他的事迹的报道。他随手翻开一张，标题写着《一中国籍船员获英帝国奖章》，内容是："（中央社伦敦十三日路透电）南大西洋英澳某船务公司的华籍海员方延于其所乘船只遭敌鱼雷击中后，改乘小船漂流一百四十余天之久……"后面他没细看，随手一翻，很明显，国内正忙于抗战，消息也不畅，关于他的报道，可谓各种各样的都有。有的报纸根据英文报道音译他的名字，却还译错了，德国人没说错，他在故国的确成了一个虚构的人。递给他报纸的那位华人说，他求生的事传回国内，在抗日战争吃紧之时，其求生的铮铮铁骨，鼓舞了不少人的抗日热情。方延在那一瞬，想起望海堂的先生、想起父亲，想起父亲那封沉入海底的信。自己算不算以海上求生的方式参与了"抗日"？英国的华人团体派人问询方延今后的打算："今后，你想去哪里？"方延愣了，是的，去哪儿呢？其时，中国境内的抗日战争正处于胶着状态，日本人来到海南后，其行径极为骇人，父亲更早以一封信断了他的归乡之念，他没法在此时回去。那位华人说："要不，想想办法，你到美国去？"方延想起美国船的见死不救，让他感受到了刺骨的冷漠与歧视，可在这个战事四起的世界，他没法拒绝这样的提议。

　　经过该华人团体的斡旋，美国的中国领事馆想办法为他办了一张"临时旅游者"签证，他据此可在美国打工为生，可美国一八八二年就实行的《排华法案》使得他入籍美国的可能性比他从海上逃生的可能性还小。在美国打工期间，美国海军邀请他去讲述在海上的种种细节，以提升海军士兵的求生技能。那些美国大兵喝彩不止、鼓掌不绝，赞叹他故事讲得好，可眼里满是不相信。他不愿意去讲，又难以拒绝，那是收入，也有机会结识一些人，他不得不逼迫自己，一遍遍回想那段刻入骨髓的经历。他讲了很多，但隐藏的更多。比如说，他没法讲月光下的失控与癫狂，没法讲身体在极限状态下的幻象，没法讲内心深处的细微变化。一九四三年，在美国实行了超过半个世纪的《排华法案》废除，但实际上每年允许入籍的华人名额极为有限。方延经历特殊，又结识了一些手眼通天之人，但也是经过快十年的折腾，才获得了合法身份。其间的种种甘苦，方延后来不愿再回想。

在这期间，唯一的安慰是一九五二年年底，他遇到了后来的妻子。在一次唐人街的华人聚会上，主事之人介绍来宾的时候，不免又把他的经历拿出来渲染了一番，引来阵阵惊叹和欢呼。在熙熙攘攘的敬酒人里，他竟然碰到了一位意料之外的熟人——田华。端着酒杯的田华沧桑无比，方延愣了许久，不知是悲是喜，或者说又悲又喜。此前任由别人怎么碰杯也仅仅是一抿的方延，仰头一灌："是你？"田华说："你在纽约的华人圈里名声很大啊。听说这一次聚会你要来，我专门赶过来，真见到你了。他乡遇故知啊。"方延百感交集，冒出一句："你来见我，还要再卖我一次？"田华脸色尴尬，端着酒杯无所适从，好久之后，他说："你这么看我？假设一下，如果你不上船，留在香港，谁知道现在情况怎么样呢？我也是在香港沦陷前才逃出来，晚一步就得死。"他明知八面玲珑的田华是在为当年把他卖到英国的"死亡商船"而辩解，但也无话可说，或许因为田华已经是他早些年结识的唯一一个熟人了吧，他狠不起心来。沉默许久，方延说："都过去了，都过去了。喝酒，喝酒。"

此后，田华找过方延几次，知道他已三十四

岁，可这些年生活漂泊，一直是孤身一人。听说方延拿到了正式身份，田华数次说起要给他介绍个女人。方延一直笑而不语，他想起了老家和他有婚约的女子，十几年了，他记忆中那浮皮潦草的几次暗中远望，印象早已稀薄。甚至，连故乡的模样也在淡忘，更恐怖的是父亲母亲的模样也淡忘了。田华穷追不舍，要给他介绍的兴头一直不减，他只好把这心事说了出来。田华哈哈大笑："我当什么事，村里那种婚约，你以为你守了十几年，人家也守着？"见方延脸色淡然，田华又说，"就算你等着她，她也等着你……但你真觉得你们还有可能？中华人民共和国成立三年了，美国还未跟其建交，你现在是美国人，你如何回去？"这话一出，方延神色大变。田华长叹一口气："世事无常，我们有生之年，还能不能活着回国看看都不好说，难道你要一辈子孤家寡人？"方延的脸一阵红一阵黑。田华趁势追击道："不瞒你说，若不是你方延得到了正式身份，我不会把这个女子介绍给你。说得直接点儿，我把她介绍给你，你们成婚后，她也有机会得到美国的身份。你别这么看我，好像我又在干当年那叛卖人的生意，事实上，若不是相信你的人品，我也不会把她介绍给你。她也是我们田家人，我可不能送羊入虎口。"方延仍是沉默，田华接着说，"你知道她是谁吗？她是我叔叔田祝澜的女儿，我的堂妹。"听到"田祝澜"三个字的时候，方延浑身激荡。田祝澜？他的女儿？她怎么也到了美国？

田华见他神情有变，知道搬出田祝澜有了效果，继续道："我这堂妹叫田瑛，在香港沦陷前跟我一起逃了出来。她当初也是去香港找我的。当时，我们老家早就陷入战火，她从老家辗转逃出，还带着我叔叔的一些著作手稿。那些手稿是我叔叔一辈子的心血，他担心会在战火中化为灰烬，让她带着先去香港找我，以后到了太平年月，再想办法出版。他不能让他多年行走在土地上的考察心血，落入日本人手中或者被毁掉。田瑛在你上费尔曼号前就到了香港——你看，当时我没有把她介绍给你，我知道你们海员居无定所，每到一处港口就乱搞。可现在不一样了。我和她也辗转多年才到了美国，我留在这里没问题，可田瑛如果没法解决身份问题，长久下去总不是办法。退一万步讲，我要帮她找个人也并不难，但我总觉得，你们可以先见面看看，或许你俩有缘分呢？当年澜叔到海南岛考察，有赖你们父子一路保护，遍行山川河谷海岸。他写下的那本《海南岛行记》的手稿，田瑛也带出来了，你就算只是认识一下田瑛，看看她父亲那本跟你、跟你父亲关系极大的书上有没有写到你们，也很好啊。我有时想，你若跟田瑛在海外成为一对，何尝不是乱世里老天眷顾的奇缘呢？"田华这一番话，几乎每个点都击打在方延的穴位上。方延本来以为自己早已跟故国、故土、故人全无联系，独自在他国求生，而此时，田华却说一切并未断绝，他仍旧和所有熟悉的记忆彼此交错。他不能不心神激荡。

　　方延后来和田瑛见面了。再后来，他在她带出来的《海南岛行记》手稿中，看到了少年的自己，也看到了父亲和他的那根黑油油的木棍。这部手稿在正式讲述的开始，有一段引言：

列强觊觎中华久矣，我国海岛屡被侵占，库页、台湾等，已在他国手中；尚属中华管辖之岛屿，不过海南、舟山、东沙西沙群岛耳，这其中，海南至为重要。琼岛地广人多，物产丰茂，明太祖即称其为"南溟奇甸"也……然其孤立极南之海，国人不知其风土情形。近年，美法日等国，不时遣人登海南岛，探究其岛势概况。日本有人于书中写道："……美国将传教士、探险者派送至此，大做准备，但我日本至今未对海南岛有任何探察……"美之"大做准备"、日之唯恐掉队，其心其图自不必言，然我国人浑然不察，念及海南他日恐沦丧他人之手，吾心痛矣。余决心遍览海南，明其究竟，记下一路之行，供国人日后参考……

方延心中大恸，引言里的话，让他把田祝澜、望海堂的先生和父亲三人的脸叠合一起，那一瞬间，他分不清三人谁是谁，也分不清他们是三个人还是一个人。父亲当年和先生深夜饮酒，和田祝澜在野外深夜的篝火边对谈，他们谈了些什么？谈世道之乱？谈家国之心？谈国家境况如此的心之不甘？方延心中又是羞愧又是自傲：羞愧于自己没法跟这三位父辈一样，在国土沦丧之际身处前线尽绵薄之力；自傲于自己深海不竭求生，也曾鼓舞过前线将士。方延神魂激荡，再看眼前的田瑛，便不再是陌生人，而是共度生死的至交。方延嘴角颤抖，把自己在老家曾有过婚约告诉了田瑛，田瑛说："我知道的，堂哥告诉我了……看来，不管怎么算，我只能是小老婆！"

数十年时光恍如隔世，此刻，方延再次坐在老家的土地上，堂兄方振成的发问，他没法回答，只能借着口中的酒，一点儿一点儿浇灌。本来这一次，妻子也想跟他一道回来的，她甚至开玩笑一般说，让他带着她重走一遍他们的父辈当年走过的路程。方延最后还是决定自己先回来，年纪渐长的他，事事小心翼翼，觉得要先探探路——毕竟隔绝了快半个世纪，很多陌生需要慢慢消化和理解。

　　方延委托县里给介绍了一位县志办的主任。方延的目标很明确，希望那位熟悉县志的主任，帮他找一找相关的消息。方延提出的大概线索是这样的：一九三九年七月，海南岛上关于一队侵华日军离奇死亡的记录。不一定是本县的县志，周边所有的县志都找一找。县里的县志办，亦有其他周边市县的县志存档，有了具体的日期和方向，查找起来工作量倒也不算太大。两天半以后，那位县志办主任托人送了一张纸条过来，是从相邻的D县县志上查找到的一条信息。县志办主任的字并不工整，歪斜地抄着如下一段：

　　一九三九年七月底，本县XX岭，侵琼日军遭遇大挫折。此岭本为日军的一个重要据点，他们已在此盘桓久矣，日军认为此岭有重要矿藏，准备在占领海南全岛之后，全力开掘。日军在此无恶不作，周边曾有两个村子被屠，惨不忍睹。日军的专家，已经在此勘探，拟作开采计划。七月底某日，此处日军据点却在一夜之间折损二十多人。日军的死伤源自数声爆炸，周边村民后来回忆，有说听到四声爆炸，也有说听到六声的。此据点日军在夜里睡眠时间遇袭，遭遇重创，只余一些哨兵得以逃窜。此次轰炸的原因一直未详。

收到手抄的纸条后，天色已黑，方延在暗中静坐了许久，没有人知道他在想什么。第二天一大早，他拉上堂兄方振成，找县里安排了一辆三轮摩托车，让熟悉路的人带着，匆匆前往 D 县的 XX 岭。此时的路，要比当年跟父亲、田祝澜骑自行车的境况好多了，可仍然是颠簸的土路。曲曲折折快到中午时，进入了一座山岭，方延心中一震，眼前的景象似乎有点儿熟悉，但一晃眼，熟悉感就消失了。方延心想，这里是否就是当年父亲、自己和岳父田祝澜的途经之地？当年是不是就在这里遇到山贼，父亲让自己和田先生静坐，等着他去处理好一切？那是多少年前的事了……一眼望去，山林都差不多，哪有不像的？方延问驱车的司机："这里是 XX 岭吗？"那人摇摇头："差不多了，翻过这个岭，前面那个山头就是。"

　　抵达 XX 岭后，问询了周边两个村子，也没法确定当年县志上日本人被轰炸的确切位置，时间久远，抹杀了一切痕迹。后来，终于有个颤颤巍巍的老者，指着村东头数百米的一块空地，说："当年炸死日本人的地方，大概就在这里。"再问，老者又说："这个位置，当年是村里的一座祠堂，日本人来后，把这里占了，作为办公的场所，机枪弹药都放在里头，很多人也都吃住在里头。后来的爆炸，把这祠堂都炸平了。再后来，村里的族人觉得此地被日本人侵占过，深感耻辱，重修的祠堂不能在原址上建，迁到了别处，这里就空了下来。"方延又问："那些日本人被炸死后，埋哪儿了？"那老人沉思了好久，一直想不起来，他说："出事那晚，我并不在村里，逃命在外，很久之后才回来的，记不太清，有说埋在山里一个凹地的，有说在那边坡下挖了个坑的，清楚的人，可不太有了……你问这个干吗？"

　　老者的发问，也是堂兄方振成的疑惑："阿延，匆匆赶来这里，是要干什么？"

　　方延在那片空地上，用手挖了两捧土，装到口袋里，不知道该怎么回答。他对开车的那位司机说："我们回去吧。"那人莫名其妙被安排了这么一个活儿，特别不高兴。他盯了一眼方延，见他满脸严肃悲伤，不像是没事找事的人。三轮摩托在路上摇晃，几乎颠出了方延的泪水，他说："振成哥，当初我爸，可能就是死在那个地方。"方振成大吃一惊："什么？"方振成当年只知道，方延的父亲在某一天忽然就离家了，再未回来，而在离家之前，侵琼的日本人曾派人来找他。方延的父亲离家一年多以后，他的母亲也过世了。他母亲临终前拿出了他父亲的一些旧物，让立一座坟；而她的坟，则立在旁边。可此刻方延在这么奇怪的举动之后，宣布他父亲的死亡之地可能就在那里，令方振成惊骇又不解。

　　方延也在梳理自己的心绪，看怎么跟堂

兄把话说清。当年方延去香港之后，一直和父亲保持通信，多是一些家长里短的问候。而一九三九年七月底收到的父亲在月初写的那封信，却完全不一样。那封信，父亲让他看完即烧掉，可他一直没烧，而是带在身边，被层层包裹后，存放于一个铝制饼干盒内，再后来随着费尔曼号一起沉入海底了。那封不长的信，他看过多次，已经会背了，随年龄渐长，他怕忘掉，又把那封信默写了下来：

方延吾儿：

归琼念头，请速速打消。倭寇入琼，烧杀抢掠，此刻回来，无异送死。更何况，你母亲已于十天前病逝，父亲已将其下葬。而我，也将去办一件同归于尽之事，没法再回来了，你即便归家，也再没法见到。当年无知，曾带着日本人环游琼岛，海南岛上之矿藏资源，恐尽被日本人记录在案。一想到那年之行，可能方便日寇在海南的劫掠，心中便悔恨莫及。这一次，日寇派人找到我，再次让我带路寻矿，这却正是为父等待已久的赎罪之机。你哥哥

去了南洋，你去了香港，我方家的血脉也算
是未绝，父亲再去做这事，也就义无反顾了。
当年，望海堂你的先生北上，为革命捐躯，
父亲不懂革命之理，却还有一点点中国人的
血性。他们来找我，那就让他们有来无回。

诸事顺遂。此信阅后即焚，以免埋留祸
根。

父绝笔

一九三九年七月三日

父亲在信中说母亲已然病逝，而他又准备
赴死，方延便断了回乡后路，一直往前冲。在
四十多年后的这趟归乡之旅中，方延才知道，
父亲写信时母亲仍活着，而且是在父亲失踪一
年多以后才过世的。也就是说，为了堵死他的
归乡路，父亲在信中骗了他，虚构了母亲之死。
回来的这些天，他去父亲母亲的坟墓看过四
回，每一回，他最心痛的当然都是母亲。当年
父亲决意赴死，肯定和她有过商量。父亲果然
一去不回。在她生命最后的那一年多里，日本
人仍旧在海南岛上毁灭着一切，危险时时逼

近，而她作为一个孤苦的女人，丈夫消失，大儿子在南洋毫无联系，小儿子在香港没了音讯，虽然外嫁的二女儿有时会回来看看，但她已经家里无"人"，再无期盼。她的心气全被折损，最后只能病垮，在那乱世里，被族人草草安葬。

他的这些猜测，如何跟堂兄开口？

三轮摩托在山路上晃荡，方振成一直等着方延开口，方延却闭上了双眼，抿紧了嘴角。没有人知道，这一刻的方延回到了那一年，父亲第一次带他出远门，他坐在自行车的后座，由父亲载着，颠簸晃荡，行走山川。午后，日光仍然强烈，但树叶遮蔽的山路上，凉风浩荡，草木所散发出来的浓郁气息，充斥着方延的鼻腔。在这一刻，方延特别想念妻子田瑛。他很后悔没有带她一起回来，她回来了，两人便能一起重走父亲为田祝澜"规划"的那条路。

方延的探亲之旅即将结束，他将在后天一早启程离乡，经历漫长的国际航班，回到妻子身旁。这一刻，闭目养神的方延又在颠簸的山路上入定了一般，方振成怕他摇晃摔下车，忍不住伸手去扶。方延觉得，过往所有的时光在同一个瞬间袭来，又从他的身体穿过。这一刻，他刚呱呱坠地，转瞬已是垂暮老者；他既在望海堂学诗，又在某港口登船；他既骑着自行车，又坐在摩托车上；他既在闷热的船舱中，又漂荡在风吹日晒的救生筏上；他既酒足饭饱，又饥渴难耐；他拥有一切，又一无所有……

摩托车缓缓下山，方延感觉心中所有的激荡、所有的边界全都消失了，他的心外没有山、没有海、没有万物、没有"没有"……他如此宁静，时间逆流，他自老而幼，返回母亲的肚腹，返回万物的初始。

附记：海南有文昌籍先贤某某，少年赴香港，供职于英国人船上，后货船遇袭，其于海上漂浮一百多天，艰难求生，其事甚奇，国外亦有采写资料留存。然在海南甚或文昌，知其人其事者甚少。近年，海南省内文史部门有意整理其事迹，吾得阅散乱资料一二，心有所动，借其求生事，多加演绎，遂成此篇。

图书在版编目(CIP)数据

乌云之光/林森著. — 福州:海峡文艺出版社,
2024.10

(独角马中篇轻读文库)

ISBN 978-7-5550-3777-4

Ⅰ.Ⅰ247.5

中国国家版本馆 CIP 数据核字第 2024Q7H238 号

乌云之光

林 森 著

出 版 人	林 滨
责任编辑	陈 瑾
特约编辑	廖 伟
出版发行	海峡文艺出版社
社 址	福州市东水路 76 号 14 层
发 行 部	0591—87536797
印 刷	福州德安彩色印刷有限公司
厂 址	福州市金山工业区浦上标准厂房 B 区 42 幢
开 本	787 毫米×1092 毫米 1/32
字 数	91 千字
印 张	7.25
版 次	2024 年 10 月第 1 版
印 次	2024 年 10 月第 1 次印刷
书 号	ISBN 978-7-5550-3777-4
定 价	28.00 元

如发现印装质量问题,请寄承印厂调换